畫家的
祕密學徒

作者
伊莉莎白・波頓・崔維尼奧
Elizabeth Borton de Treviño

譯者
柯清心

目錄

✻導讀✻

重讀經典：我們都是大師的學徒

謝佩霓（藝評家／策展人）

儘管一生留下不過一百一十多幅畫作，西班牙巴洛克（Baroque）大師委拉斯奎茲（Diego Rodríguez de Silva y Velázquez, 1599-1660）如今依舊與法蘭德斯畫派的魯本斯（Pieter Rubens, 1577-1640）齊名，公認為十七世紀最偉大的藝術家之一。

然而，委拉斯奎茲明明是西班牙巴洛克風格藝術「黃金時期」最代表性的藝術巨擘，也是權傾一時的皇室最為倚重的宮廷畫師與禮賓總監，但是隨著政經宗教霸權盛極而衰，作品失散而相關資料文獻佚失，他難以匹敵的成就，竟然曾經超過兩世紀，幾乎完全被淡忘。

一直到了十九世紀，新寫實主義（Neoclassicism）以及印象派（Impressionism）繪畫大師們，重新發現了他無與倫比的藝術特質，大為驚艷而群起模仿。這才讓委拉斯奎茲的精湛藝術重見天日，進而大大影響了許多後生晚輩，為近代繪畫與當代藝術發展，留下不可磨滅的啟迪，至今影響不墜。

委拉斯奎茲出生於西班牙塞爾維亞，父親是葡萄牙裔律師，母親出身低階貴族的商賈之家。雖然藝術並非家學淵源，所幸當時繪畫專業受敬重，也是階級晉升的好方法，所以家裡鼓勵他和兄弟一起學畫畫。而委拉斯奎茲畢生也以此力爭上游，藝術成就備受肯定，獲頒紀念聖・詹姆士的聖地牙哥勳章晉升騎士。

在美術史上，大家熟悉的，往往是他前往首都馬德里擔任宮廷畫師之後，以及遊歷義大利和出仕羅馬教廷的事蹟。其實，當年他的故鄉塞維亞可是歐洲第三大都市。這個由拉丁和穆斯林文化交融出的大西洋國際貿易大港，人口超過十萬人，規模僅次於倫敦和巴黎。不過，繁華也帶來奴役剝削的後遺症，一五〇〇年起，蓄奴便已合法化。

他在塞維亞這座大都會習藝，拜在繪畫理論大師帕切科(Francis Pacheco del Rio, 1564-1644)門下六年。學徒生涯中，受的訓練相當扎實而新穎，見識和視野也十分寬廣。老師樂見青出於藍更勝於藍，甚且招他為女婿，而他日後也學習老師的風範，將獨生女嫁給沒有顯赫背景卻最優秀的門生。

就像委拉斯奎茲心儀的義大利巨匠卡拉瓦喬（Michelangelo Merisi da Caravaggio, 1571-1610）一樣，他不只是技術爐火純青，畫得維妙維肖而已，而是形似與神似兼具，汲古潤今，別出心裁，已經昇華到藝術境界。原本近看抽象飄逸的寫意筆觸，從觀眾的距離遠看，成了不折不扣的寫生：人物神色到位、物件質感逼真、環境氣氛活靈活現，躍然紙上。如今我們觀其畫，睹物思人，歷歷在目，彷彿依然身臨其境。

委拉斯奎茲是捕捉光線、創造氛圍、直現人格的頂尖高手。以寫實的手法，他將觀察入微的平民百姓和眾生百態巧妙入畫。即使所畫的對象身分低賤、身體畸形，未經美化且毫不掩飾，皆化為泛著神性的神明和發散聖光的聖人。光用眼神交換凝視，便能夠跟任何時代的任何人溝通無障礙，彼此相看兩不厭。他的人物因此會說話，不論美醜尊卑，都能夠超越畫框穿越時空，耐人尋味又百看不厭。

真金不怕火煉，險遭遺忘的委拉斯奎茲，證實經得起時間最嚴峻的考驗。隨著時代演進，益發散放雋永逸趣和人道之光，從而歷久彌新。大師用卓爾不群的絕技與品味，顛覆了傳統，解放了藝術，弭平了階級。可謂以藝術完成寧靜革命，無怪乎評價與日俱增到至尊地位。他一生慢工出細活，作品屈指可數，自然也奇貨可居。

一幅創下博物館購藏金額天價紀錄的男性肖像畫，是藝術家的巔峰之作。主角雖然是身分低賤的黑奴，卻尊嚴大器一如任何一個自由人，甚至與同時期繪製教宗英諾森十世（Pope Innocente X）聖顏的傑作並置，也毫不遜色。

正是這件現在永久典藏於紐約大都會博物館的作品，讓作者伊莉莎白・波頓・崔維尼奧（Elizabeth Borton de Treviño, 1904-2001）起心動念，寫出了《畫家的祕密學徒》（Yo, Juan de Pareja, 1965）。

此舉除了具體表態，支持美國應當朝向富而好禮發展，以國力為全人類維護文化瑰寶，此外，也因應當時的社會趨勢，全面追求自由、開放、平權的普世價值。她以貼身僕役的第一人稱觀點，為青少年撰寫了這本奇書，側寫大師的一生行止、推己及人的人道實踐。

作者根據史實大膽假設，鉅細靡遺的將藝術家的生命歷程與職業生涯娓娓道來。這本書一方面建構了藝術家的發展史，同時導入時代人物，言簡意賅的鋪陳出十七世紀的繪畫史。

藉由他與有「全球之王」(King of Planet)之稱的菲利浦四世(Filipe IV)，以及摩爾奴隸胡安・德・帕瑞哈(Juan de Pareja, 1606-1670)之間的互動與情誼，助我們見證了卓越的藝術文化，如何能一再征服權貴，教化政治、宗教、財富領袖臣服，謙遜相待、鼎力支持。

作者主修拉美文學，精通西班牙語，婚後隨夫定居墨西哥至終老。身為養育兩個孩子的母親，在置入常識與素養方面極其用心。她用心良苦，把枯燥的繪畫知識和程序，一點一滴娓娓道來，傳授給一無所悉的讀者。從如何釘內框、繃畫布打底，準備顏料、畫筆、調色盤，安置模特兒、道具，北向開窗調整光線，素描打稿習作等等一應俱全，乃至於藝術家特有的工作習慣，不著痕跡的融進高潮迭起的情節當中。

誠然，根據史實不代表完全忠於史實。記者出身的作者在後記裡，坦承虛實交參，也坦然以對，畢竟史料有限，而歷史故事需要引人入勝。何況再小心求證，本書出版後的這半世紀間，科技進步神速，調研累積頗有斬獲。高壽活到見證了委氏誕生五百周年的作者，當初大概也會有增訂改寫的想法吧。

美國圖書館學會為了推廣閱讀，鼓勵本土作家放眼國際，關懷普世來創作，自一九二一年起設立紐伯瑞獎（The John Newbery Prize），迄今百年。一九二二年首位得主，乃是大名鼎鼎的通俗歷史作家房龍（Hendrik Willem van Loon, 1882-1944）的名作《人類的故事》（*The Story of Mankind*）。

崔維尼奧則以本書在一九六六年贏得紐伯瑞大獎，實至名歸，得獎後一時洛陽紙貴，一如委氏藝術般風靡全球。早年曾由國語日報社翻譯引進，一九七七年初版書名譯為《畫室小童》，封面描繪的正是書中純屬虛構但感人肺腑的最高潮。

受惠於主人生前的慷慨而取得自由人與專業畫師身分的黑皮膚學徒，在主人故去後，扶持皇上因悲傷而顫抖蒼白的手，在大師自畫像的胸口，以畫筆蘸紅色顏料，鄭重繪上聖十字，這一幕教人動容。

委氏傳世唯一的自畫像，就在《宮女》（Las Meninas, 1656）畫中，現存於西班牙國立普拉多美術館。這幅曠世巨作在西洋藝術史上的地位崇高，被譽為僅次於達・文西（Leonardo da Vinci, 1452-1519）的《蒙娜麗莎》（La Gioconda, 1502-1506）。

十多年前，我曾在臉書網誌寫到陳年舊事，披露：成長後回想起來，正是幼時閱讀與自己約莫同庚的這本書，身心震撼無比，潸然淚下，從此立志要成為一個為藝術奉獻、為藝術家服務的人，奉行不渝至今。那時臉友熱烈回響，紛紛洽詢何處去尋此作未果。

《畫室小童》在國語日報社出版的叢書中，個人認為屬於非常好看，卻也非常冷門的一本。巧遇林良爺爺問起，他也遺憾難忘的好書可惜沒有再版。後來二手書市遍尋不得，只好厚顏請託曾任國語日報社社長的季眉代尋。不料翻遍國語日報社出版倉庫，竟然也僅有唯一一本存檔的孤本，於是她還貼心影印一份相贈。

輾轉又是多年過去，始終念念不忘此事。感謝季眉，在前年委拉斯奎茲三百六十周年冥誕時，毅然決定重新出版此書，尤其感人的是，這次出版的是包含作者自序（前言）、跋（後記）與得獎感言的全譯本。

時值本書出版暨得獎逾半世紀，而作者逝世已屆滿廿周年之際，字畝文化排除萬難出版此書，意義著實重大。讀者不該視之為一般的青少年兒童讀物，這本書值得一再精讀，細細品味。

即便年代久遠，經典依然經典，註定不畏時空阻隔。其實我們都是大師的學徒，他的畫和她的書，既然已然都是我們應當傳承予未來世代的經典，自然不容再度錯過。

✻前言✻

自由與尊嚴，沒有顏色之分

十七世紀前半葉，是名人輩出的輝煌時期，藝術、科學、各種勇氣嘗試的成果，至今依舊光芒萬丈。當時是莎士比亞的成熟期，是法國紅衣主教黎塞瑠[1]、特雷利爵士[2]和塞凡提斯的《唐吉訶德》的時代；是哲學家笛卡爾、斯賓諾莎、羅曼諾夫王朝首批沙皇們，和聖文生・德・保祿[3]的時代。於此同時，

1　1585-1642，法國紅衣主教，當時著名的政治家。

2　1552-1618，英國著名冒險家、作家、政治家。

荷蘭的林布蘭、比利時的魯本斯和范・戴克[4]在揮筆作畫；伽利略、牛頓和哈維貢獻的科學知識，扭轉了世人對物質世界的認知；法國古典戲劇三傑高乃依、拉辛、莫里哀在法國寫作。接著，法王路易十四登基，西班牙的宮廷畫師由狄亞哥・委拉斯奎茲擔任，而在他身邊遞畫筆、磨顏料的，是一名黑人奴隸——胡安・德・帕瑞哈。

儘管當時的歐洲處於新思維蓬勃發展，權力高漲、藝術百花齊放的時代，我卻選擇訴說一個微不足道的奴隸的故事。

自從經常從事非洲奴隸交易的摩爾人[5]征服西班牙後，奴隸制在西班牙變得十分稀鬆平常。在當時的歐洲，似乎不認為奴隸制有何不妥。奴隸制自希臘時期便已存在，希臘的民主理想，可說是立基於奴隸制度上。即便是喚醒人類良知的古希伯來人，社會裡也存在奴隸制度。直到現在，一些國家依然有奴隸買賣正在進行。然而，在我們的時代，抗拒這種惡行，堅持全人類該享有的尊嚴與自由，已是一種普世價值。儘管我們在嘗試邁向這些理想狀態的過程中，依舊走得跌跌撞撞。

我寫下的，就是講述胡安・德・帕瑞哈及他的主人，委拉斯奎茲的故事。

3 1581-1660，天主教神父，遣使會創辦人。

4 1599-1641，比利時畫家，曾和魯本斯學畫。

5 泛指穆斯林，特別是西班牙或北非的阿拉伯人或柏柏爾人。

1 我學會識字

我是胡安・德・帕瑞哈，我一生下來就是奴隸。我不確定自己是在十七世紀的哪一年出生，但我知道我母親叫謝蓮瑪，是位非常美麗的女黑人。她從沒告訴我父親是誰，但我懷疑父親是我們家主人眾多倉庫中，某個沒有能力幫她贖身的西班牙管理員。不過，我知道男人確實給了母親一個金手鐲和一對金耳環。

母親在我五歲時去世，似乎是死於高燒或其他疾病。大家只跟我說，母親上天堂去了。母親如果沒有死，或許我的人生便會大不相同。我們居住的塞維亞，一直籠罩在感染疫病的恐懼中，許多來自外國港口的船隻會沿瓜達幾維河而上，在我們的碼頭停泊，船上任何死於不明疫病的人都會被匆匆掩埋。這讓大家既驚嚇又害怕，但也只能祈禱死者不會帶來疫病。

我很想念母親。小時候，她總用雙臂抱著我，輕搖我入眠，並用她低沉豐厚的嗓音為我輕聲歌唱。如今我已是個歷經滄桑的老人了，在閉上眼睛後，仍能聽見母親哼唱我喜愛的歌曲，感覺到她環住我的臂膀，和她的金手鐲貼在我身上的暖意，彷彿是母親給予我的，那稍縱即逝的安全感與愛。

母親性情柔順又仁慈。當她一大清早，就著東面窗戶的天光，坐著幫女主人縫製衣服時，她會拿針輕輕穿過絲布和天鵝絨，用她纖細敏銳的一雙黑手，將布料撫平。母親總是抬頭望著我笑，用一對融化人的眼神，對我傳送疼愛，宛若她輕柔的撫摸。

啊！我的母親，經過多年苦學後，現在的我終於開始畫畫了，而你對畫家而言，必然是巨大的挑戰！我快樂而痛苦的，試圖捕捉記憶中蘋果綠絲綢上的柔光、女主人石榴紅天鵝絨製的袍子、母親沉斂的棕色皮膚、耳上金環相互映襯的金色頭巾，以及如成熟紫葡萄般，沿著母親圓潤的臉頰和纖細的頸子，泛出的美麗光澤。但是，如何畫出母親美麗如黑鳥般，在絲布上撲飛的雙手，仍經常讓我傷透了腦筋。

母親死後，女主人把我納為她的小僕人，為我穿上漂亮的藍絲服，讓我戴上橘銀相間的頭巾。她把母親的耳環給了我，留下手環自己戴了。女主人親手為我鑽了耳洞，並在洞中穿線，每天拉動一點，直至傷口長好，然後女主人為我掛上其中一只耳環。

「戴上耳環才能止血。」她告訴我說：「好啦！另一只耳環我幫你收著，免得被你弄丟。」

女主人很仁慈，但頗為任性，而且經常忘東忘西。她深愛的主人老是生病，弄得她總是憂心忡忡。女主人來自波多市，是葡萄牙席爾瓦家族的人。女主人去買東西或拜訪朋友、吃點心時，我的工作就是走在她身後，幫她拎手提袋、扇子、彌撒經本和裝在珍珠鑲盒中的念珠。「小胡安，」女主人總這樣喊我：「小胡安，我的扇子！不是拿給我，是用扇子搧我！我熱到快無法呼吸了。別這麼用力，會弄亂我的頭髮！」

我很快就發現，生為奴童，難免會被女主人拿闔起的扇子敲手，那突如其來的一擊，經常痛得我眼睛泛淚。偶爾，她又會突然轉身，幫我把頭巾擺正，疼惜的捏捏我的臉，彷彿我跟她的棕白色小斑狗托托沒什麼兩樣。女主人有時會把托托綁起來，有時又會去抱抱牠。

然而，我對女主人是全心全意的。我生病時，女主人會照顧我，在夜裡起身為我送肉湯，並確保我有乾淨的水可以洗澡，而且，每次她去買洗澡用的白色長條肥皂時，都會分一塊給我。夫人讓我吃得飽，給我錢到街上買糖，有時還帶我去看巡迴演出或逛市集。

我永遠感激她一件事——教我識字。現在的我已經明白，我的女主人跟她那個階級的許多婦人一樣，受的教育十分有限。她閱讀的速度慢，且經常讀得很吃力，需要花費好幾個下午，才能擠出一封信給她在葡萄牙的家人，或給她在馬德里當畫家的年輕侄兒。不過夫人相當務實幹練，也知道很多事情，她信任自己的判斷，並努力記得許多事。

一個炎熱的九月下午，女主人喚我到她房裡。她穿著清涼的薄紗裝，雖然已經拉起窗簾遮去太陽，以免她的摩爾地毯褪色，但屋裡還是很熱。女主人額頭上滿是汗水，她搧著扇子，看起來有點喘。

「站到那邊去，小胡安，我想仔細看看你。」這是她第一次沒有劈頭就講一大串要我去執行的雜事和工作。她打量我半天，然後點點頭。「沒錯，是的……我相信這孩子夠聰明，相當聰明。」

她拿著一大條棉手帕，擦拭自己的脖子。

「我要教你認識字母。」她告訴我，「你若好好用心，乖乖練習，就能學會寫一手好字，然後就能幫我寫信了，說不定以後還能到倉庫裡幫忙主人。我會安排好，在我午休時，不許有人打擾你，你就趁那幾個小時好好練習吧。」

當時我的年紀不大，也許才九歲吧，一想到要學習一種害女主人坐下來寫信，就焦慮萬分的技能，就覺得興致缺缺。但我知道夫人個性急躁，又反覆無常，便回答說：「是的，夫人。」我相信女主人一定會把這件事忘到九霄雲外。

可是，女主人卻沒有忘記這件事。昨夜雷雨交加，將城裡的塵埃洗得乾乾淨淨，天亮後，空氣十分涼爽，女主人最愛在這樣的天氣裡悠哉的散步，展示她漂亮的衣服，那些衣服是用主人從土耳其和波斯買來昂貴的布料裁製成的。

這天早晨如常的展開了，女主人傳喚我時，穿著一襲紫紅色袍子，頸上掛了金鍊，還有黑色蕾絲薄頭紗。我們出門參加彌撒，我跟在夫人後面一步的距離，捧著她的點心盒、念珠和一個加了羽毛的小棍子，用來驅退患癩痢病的狗，或街上靠得過近的骯髒野孩子。

彌撒在大教堂舉行，教堂有聳天的拱頂、高大的柱子、金光燦爛的祭壇和畫框，梵香的朦朧中透著柔和的燭光。我好喜歡神父們如歌的吟誦，喜歡他們美麗的衣裳，喜歡奉舉聖餐和聖血的光榮時刻。女主人常在教堂裡用扇子敲我，因為當我讓自己的靈魂揚升，沐浴在彷彿來自天主的金光之中時，常常把她給忘記了。

我本來希望彌撒結束後，女主人會去朋友家，她的朋友有時候會為我們調製奇怪的美洲飲料——用小杯子盛裝的，有泡沫的熱巧克力，女主人總是讓我喝掉她杯子裡的最後幾口。我很愛熱巧克力，並盡量在喝完後，讓甜味在舌頭上多停留幾分鐘。不過這一天，女主人走捷徑回家，而且幾乎是快步匆匆的走在我前面。她直接走進自己房中，把其中一名女僕罵了一頓。那女僕粗手大腳，是個正在存錢當嫁妝的鄉下女孩。女主人說她沒把床鋪好，也沒讓屋子裡通風。

「限你十分鐘內把一切整理好。」女主人命令說：「我要在書桌邊工作，我受不了床上那麼凌亂。」

女主人收起她的彌撒面紗和念珠，把袖子捲到手腕上，然後拿出墨水罐和羽毛筆，我這才明白，夫人並沒有忘記她威脅要教我寫字的事。

我們立即開始學A，那天早上又繼續學了B、C和D。女主人教我每個字母的發音，我開心的發現，學會寫字也等於學會閱讀。於是後來，每當女主人在睡午覺時，我便勤勞又仔細的練習。主人的圖書室裡有許多皮裝書，主人經常在裡面待上好幾個鐘頭，吟誦、朗讀、自顧自的哈哈大笑、大呼出聲，並對書中內容做出評語。我渴望學習書中那些帶給主人這麼多歡樂的事物。

主人膚色深沉，身材削瘦，他因為經常發燒，皮膚都變黃了。病懨懨的主人在碼頭邊有許多倉庫和帳房，每天一大早，他都會省略早餐，直接往碼頭去。

「我的肝臟得等快走一陣子之後，才會運作。」每次女主人急著性子，命令他吃早餐時，主人便這樣告訴夫人。夫人喜歡吃東西，時不時就堅持要主人吃個水煮雞蛋、一點酒煮魚，或其他小點心。主人通常下午三點回到家。他不會好好品嘗女主人為他精心準備的美食，只要水煮蔬菜和一片脆麵包，把女主人弄得又氣又好笑。

「你怎麼吃得像和尚！」女主人以前常抱怨他，但主人沒回答，只是微笑著拍拍她的手，安撫女主人。等休息過後，主人總會走進圖書室，一個人開心的靜靜待上好幾個小時。

我羨慕主人能讀書，所以努力練習寫字。女主人也難得非常堅持，每天，無論有什麼別的安排，她都會檢查我練字用的破布片或大馬士革紙，然後教我新的字母。我的字寫得愈來愈有樣子，女主人一開始還不太高興，但她很快就恢復理性，大聲喊說：「看吧，我就知道！小胡安，我敢說，你將來一定不會辜負我的期望，能寫得一手好字。你的字不但圓潤而清晰，字尾也收得漂亮極了！你喜歡寫字，對吧？」

我垂下頭，免得夫人看出我有多麼喜愛寫字，因為她性情陰晴不定，萬一她以為我喜歡寫字勝過其他事物，說不定會暫時先叫我去做別的事，好教我懂得謙卑。

隨著時日推進，我終於能幫夫人代筆所有的信件了。尤其當主人臥病在床，女主人忙著幫他洗澡，盡其所能的照料他時。她常叫我拿著紙筆坐下來，一邊替鮮花換水、讓病房通風、秤量主人的藥，一邊心不在焉的說：「小胡安，替我寫信給波多市的姊姊——你知道地址的——告訴她，我們這邊情況沒什麼變，我心愛的丈夫幾乎不吃東西，肚子連肉湯都容不下，而且全身痛得要命。」夫人用手背擦著眼淚，然後繼續說：

「請她寄兩只大皮囊，裝波多的上等酒給我，還有以前我們小時候肚子痛，拿來泡茶喝的那種草藥……她應該還記得草藥的名字。叫她請最快的差使送酒和草茶給我，等人到了，我會好好打賞。還有，送上我的愛，信尾寫上我習慣在信裡說的話。立刻去寫這封信，今天就給我。」

有時，我會根據信的內容，在信紙邊畫點小插圖，也許畫隻小鳥、柳橙，或夫人的小狗托托，有時也會畫手帕上的蕾絲紋裝飾。女主人很喜歡這些圖，不會罵我亂畫。

主人的病情愈來愈嚴重，最後終於臥床不起，家裡的氣氛非常悲傷。我到現在都還記得主人去世後，女主人要我寫給她在馬德里的侄兒的信：

親愛的狄亞哥，我必須告訴你一個最悲傷的消息。你的姑父巴西里歐一向對你疼愛有加，但他永遠無法再抱你了。過去幾個月，他深受病痛折磨，如今，天主仁慈，他安息了。我不敢掉淚，我感謝上主。可如今我孤單伶仃、四顧茫然，因為我心愛的伴侶已不在我身邊了。他的年紀比我大上許多，總是寵溺著我，我也深愛著他。天啊，我多希望能去馬德里看你，但我會先在塞維亞度過第一年喪期。你姑父在生前種下了一小棵新品種的橙樹，結的果非常甜美多汁。等我去時，我會帶過去給你，當作是他送你的禮物。

愛你的姑姑　艾美莉雅

我們一年後要去馬德里！我開始想像夫人的侄兒狄亞哥的模樣，大家都說他是位才華橫溢的畫家，但為人木納寡言、嚴肅且性格乖僻。我覺得若能看他作畫應該很棒，並暗自希望在為夫人效力之餘，能偷空看他畫畫。

我知道狄亞哥先生是大畫家帕切科的學生，還娶了大畫家的女兒。帕切科仍住在塞維亞，而且有許多學徒，我下定決心，總有一天一定要混進帕切科的畫室。我真的好想到畫室去，看有著敏銳雙眼的畫家，在畫布塗上各種色彩，一點一滴將景象呈現在白淨畫布上的模樣！

女主人除了上彌撒，再也不出門了。她因齋戒和悲傷變得瘦削、煩躁，有時我僅能勉強逗她一笑。托托和我努力轉移夫人的注意，她也讓自己忙於記帳，雖然一排排數字經常讓她頭痛。

某個夏日，我終於有機會走近帕切科的家了。我在日頭尚未爬上三竿時，蹦蹦跳跳奔上早晨清爽的街道，去麵包店買新鮮的麵包。我故意在去麵包店前，繞了一大圈遠路，希望在經過畫家帕切科的屋子時，能瞥見他在畫室裡作畫的身影。帕切科家的女僕每天這個時候，都會打開大門，刷洗門前的臺階，把一桶桶的水潑到街上，減少飛灰。

當我靠近大畫家的房子時，便看見裡面的送葬隊伍慢慢聚集。披著黑毯的馬匹甩著頭上的黑羽飾，運送一口棺材從帕切科的房子裡出來。我向旁邊的幾名男孩打探，原來是畫家的小女兒在夜裡去世了，他們現在正要送她去教堂，做下葬前的最後一次彌撒。

「城裡有瘟疫在流行，」他們畫著十字告訴我，「到處都在舉行葬禮，都怪那艘從非洲載回奴隸和象牙的船。聽！喪鐘響了！」

剛才我在匆忙中完全沒注意，現在才聽到教堂傳出的肅穆輓歌。

我慌慌張張的跑去麵包店，但是麵包店不但放下柵欄，關上了門，門上還打了一個大叉叉，未乾的油漆在晨光中閃閃發光，告訴我裡頭有人即將死於疫病。

我衝回家，嚇得上氣不接下氣，深怕看到我們家的門被鎖上，並且加上匆匆塗抹的可怕警示。我對這種事情的預感很準，常常在事情發生之前，腦中就會閃過這些即將到來的畫面。不幸的事情果然發生了，隔天早晨，我淚流滿面的在我們家大門塗上叉叉，那天都還沒過完，夫人便被安排下葬了。

夫人在悲鳴不已的喪鐘聲中被帶走，我卻無法隨行。因為我突然病倒，意識模糊。我躺在自己的窄床上，渾身滾燙，被可怕的幻象與恐懼折磨。我不斷盜汗、乾嘔，不知躺了多少個晝夜，幾乎就要沒命了。

當我終於恢復意識，虛弱的起身尋找食物時，才發現家裡早已沒有半個僕人，到處都是積灰，一片死寂。我被大家遺棄了。

我喝著木桶裡半滿的水，院子裡的樹上還有幾顆柳橙，但我太虛弱了，無法爬上去摘，只能吃掉在地上的過熟果子。沒辦法，我真的餓壞了。

接著，我陷入無夢的熟睡，然後終於被門前傳來的巨大敲門聲吵醒。我雖然還虛弱不堪，仍勉強穿過走廊喊道：「誰啊？」

那是一位穿著破舊棕色袍子的修士，這樣的修士在塞維亞街上很常見，經常四處照顧病人和瀕死之人。修士進屋幫我清洗，為我鋪好乾淨的床，讓我躺到床上，然後煮了熱騰騰的肉湯，拿木湯匙餵我。

「我叫伊西德修士。孩子，你還活著簡直是天主的奇蹟。其他住在這棟房子的人都已經入土了。」修士在胸口畫了一道十字架，喃喃的禱告。

他是位髮鬢斑白的老人，由於他缺了好幾顆牙，因此說話不時會漏風。在他說話的時候，我們聽到一記半吠半哀鳴的細小聲音。伊西德修士四處尋找，結果找到了托托。牠又瘦又餓，漂亮的絨毛被泥土漿得發硬。前些日子，可憐的托托一定是躲在屋裡。伊西德修士耐心的招呼托托過來，餵牠喝了肉湯。托托舔舔修士的手，然後朝我爬過來。

「可憐的小傢伙。我會帶牠走，修道院裡的人會照顧牠。至於你，孩子，你得禱告並感恩，祈問天主為何選擇拯救你。上主有事希望你去做，祂為你安排了任務。」

「什麼任務？」我喃喃問。

「到時祂自然會告訴你。」伊西德修士答道，「祂會讓你知道你必須做什麼，還有祂為何讓你活下來，就如同祂曾經啟示我一樣。我原本是名士兵，在前往印度的過程中，船隻沉沒，全船罹難，只有我一個人獲救。我看見了斷掉的桅杆浮在水上，便緊緊抓住，直到我被人救了起來。當我在海上漂流時，我夢到自己注定要照顧病人，從此之後，我就一直在做這件事了。」

「好了，我明天早上再回來照顧你，給你帶吃的，你得乖乖躺著，睡覺、休息，還有禱告。我們以後自然會知道你要做什麼，要住在何處。」

「我是奴隸。」我告訴修士，「我叫胡安・德・帕瑞哈，是艾美莉雅・羅德奎茲夫人的奴隸。」

「我會去打聽一下，這隻小狗我會照顧。你別起來了，你還很虛弱，說不定會感冒。」

修士開始忙著清洗他的碗和湯匙，然後把它們塞進帶來的大皮袋裡。他用肩膀扛起袋子，抱起小狗，然後嘟嘟囔囔的走了。我聽到大門在他身後關上。

我試著禱告，不過說不到幾個字就睡著了。

幾天後，我從伊西德修士口中得知，我跟女主人的所有財產，一併被馬德里的畫家——狄亞哥・委拉斯奎茲給繼承了。

2 準備啟程

第二天，一位地方法官跟著伊西德修士來到屋裡。這位高大嚴肅的中年紳士穿著一襲黑天鵝絨裝，脖子上掛著沉甸甸的金鍊子，鍊上有一塊霸氣十足的勛章。法官身後跟了一名年紀與我相彷的奴童，男孩捧著墨水瓶和羽毛筆，每踩一步，眼神便害怕的晃一下，深怕一個不小心絆倒，將珍貴的印度墨汁灑出來。一位雙腿瘦長的書記，吃力的把一疊厚重的皮裝書搬進來，法官隨即在書上列下清單。他先試了幾把椅子，選定一張坐下來，再叫人抬來一張小桌子，把一本大書放到桌上。

「波波，你可以把墨水罐放下來了。好了，等我叫你，再用羽毛筆蘸墨水……還沒！我還沒整理好思緒，也還沒決定順序。」

伊西德修士謙恭的行禮說：「拜託您了，法官閣下，您能先別登記這孩子，好讓我帶他去修道院休養身體，然後再上路嗎？」

法官非常嚴厲的看著伊西德修士。

「等我要登記這個奴隸的名字和說明時，我自然會寫，不會提早亂寫的。在我準備好之前，讓他做點事，去把圖書室裡的書搬出來吧！每本書都得與已故的巴西里歐・羅德奎茲先生遺書中的清單比對、檢查過才行，願他安息。」

「他不能……」矮小的修士才開口，便被法官的眼神和傲然抬起的手給擋了回去。

我只好拖著虛弱的身子，步履蹣跚的開始搬動一疊疊的書。法官花了一整個早上盤點清單，伊西德修士因為還有許多事要忙，便先行離開了。不過，他答應會回來接我。當大教堂響起午鐘時，我無比渴望看到他那張紅通通、皺巴巴、仁慈和善的小臉，我從沒那樣期盼過任何人。

法官終於清點完了。他嘆口氣，抖掉書頁上的塵土，將書闔上。然後他站起來，大步往門口走去，他的書記和奴童則跟在後方。當聽到門重重關上後，我筋疲力盡的晃回自己的小床。

伊西德修士一直到傍晚，才帶著麵包和乳酪來找我，他還幫我帶了斗篷——是某位有錢女士用便宜的價錢，將不要的舊衣賣給他的。雖然今天還算溫暖，我的肩膀卻發抖個不停。我開心的用斗篷將自己緊緊裹住。

「你就留在我們修道院吧，院長已經同意了。」修士說：「我們會等你康復，再讓他們帶你走。我了解法官那種人，他們沒有惡意，不是殘酷冷血的人，只是他們一看到黑人男孩，便以為是能工作的奴隸。他們看不見我所看到的。」

「您看到的是什麼？」修士穿著涼鞋，匆匆穿越塞維亞的窄街。我蹣跚的跟在後方。

修士稍稍放緩速度，尋思如何回答。

「我看到一個人，一名男孩，一個以天主形象塑成、有靈魂的人類……你做過第一次聖餐禮了嗎？」

「做過了。」我驕傲的回答說：「是女主人幫我安排的。以前我常陪她望彌撒，每天都去。」想到自己永遠再也看不到夫人或主人，和曾經是我家的房子，我便哭了起來。豆大的淚珠滑落我的臉頰，伊西德修士聽到我抽鼻子，便轉過身來，笨拙的拍拍我。

「好了，好了！」他說：「可憐的孩子，我們邊走邊繼續念玫瑰經，這會讓你好過一些。修道院在城外，我們還得走一大段路。為了讓你休息，我大概會有一週左右，不讓法官知道你的去處。必要的時候，我也會裝聾作啞，希望天主原諒我小小的欺瞞。我不會撒謊，只是要避開他而已。萬福瑪利亞，神聖而充滿慈愛的光輝……」於是我們邊走邊念經文，熟悉而親切的經文確實安撫了我，讓我越過路上的粗石與坑洞，直到伊西德修士扯動掛在修道院門外的繩子。

修道院裡亂哄哄的，孩子們跑來跑去，跛腳生病的人、老人和動物，也通通混雜其中。托托朝我奔來，我彎腰拍拍他，感受他屁股細瘦凸出的骨頭。他們幫托托洗了澡，牠鼓脹的小肚子裡裝滿食物。

這個地方跟我想像的修道院生活完全不同，我還以為修道院是安靜、有秩序而且舒適的。不過，我也很快發現，這裡與大部分的修道院不一樣，比較像是庇護所。而且，這裡的修士都非常貧窮，他們把擁有的東西，全部慷慨的分贈給被這座城市遺棄的人、生病的人，以及所有受折磨的動物與人。要是我當初冷靜的想一想，就應該明白，像我這樣又病又沒有任何用處的奴隸，是不可能會到富裕的修道院裡去的。就算我去了，對於他們的專注研究、謄寫裝飾抄本，或在聖像前不斷禱告的工作，都一點幫助也沒有。我還記得我們家的神父，修道院的規模很大，每個房間都有各自的用途。

大家一看到伊西德修士便一擁而上：孩子、老人、拄著拐杖的婦人、受傷的小驢子和渾身跳蚤的狗。伊西德修士大聲喝斥他們，並呼喊其他修士前來幫忙。幾位跟他一樣衣著簡陋的修士急忙趕過來，幫他卸下身上的一大袋麵包。

「排好隊，不要推擠！」伊西德修士喊道，「這些夠所有人吃的，天主保佑。」大家散開來又排好隊，我則勉強待在修士身邊。他讓我幫忙把麵包撕成大塊，另一位修士則在一個個小木碗中盛滿肉湯，遞給每個無家可歸的可憐人。他們在湯裡將麵包泡軟，然後吃得一滴不剩。修士們餵動物吃乾麵包，並給狗兒一些骨頭。

發完食物之後，伊西德修士和我在他的小房間裡吃晚餐，讓另一位修士發放睡袋和被子，幫大家找地方睡覺。

「我們盡自己所能。」伊西德修士對我說，一邊對著麵包賜福並感謝天主恩典。「我們會收留他們幾天，幫他們乞討。天主仁慈，通常我們到城裡化緣，回來時袋子都是滿的。只要有人願意收小孩子當學徒，我們就把小孩子送去。老人和殘疾者，就留下來幫忙。當然了，他們也會幫我們乞討，但有些人一派出去，就再也沒回來了。這些人只要手裡有幾個小銅板，一小塊麵包……唉，我們還是別批評他們了，自己盡力就好。」他一邊說，一邊在粗糙的黑麵包上咬了一口。

「我真希望能永遠跟在你身邊！」我大聲的說。

「我也希望你能留下來，可是你必須去馬德里。」

我不禁打了個寒顫。

「那是個美麗的城市。」修士告訴我，「你若能保有一份好心腸和一個潔淨的靈魂，便會有機會行善。在這個糟糕的世界裡，還有很多事情等著我們完成。」

「但我只是個奴隸……一名僕役。」我自怨自艾的說。

「誰不是呢？」伊西德修士開朗的表示，「我們不全都是天主的僕人嗎？本就應該如此，沒有什麼好羞恥的，那是我們的義務。」

那晚我睡在修士的小床上，那是張沒有被子的木床，但我有修士給的斗篷。隔天早上，修士過來叫醒我，並帶來麵包和一片起司。

「今天你就留在這裡幫忙吧。」他告訴我，「院長要你照顧幾個年幼的孩子。記得保留一點體力，你得變得更強壯，才能熬過旅途。」

不過，我一直到後來跟著吉普賽趕騾人去馬德里時，才想起修士的提醒。我在修道院裡忙了六天。院裡大概有二十位方濟會的修士，他們過著清貧的生活，並與貧病者分享所有食物與資源。我一下忙著拿涼布為發燒的孩子擦拭，一下忙著扶持跛腳的人走動，一下又要伺候牢騷滿腹的老人吃麵包皮，提醒他們到陽光下散步，而不是老躲在黑暗處。雖然日子十分忙碌，但我也開始想像起未來：即將前往的馬德里，還有我的新主人。

每天晚上，我都迫不及待的等待伊西德修士回來。有時他會拿回兩大袋裝滿蕪菁、洋蔥，或其他農作物的袋子。除此之外，他總是會帶麵包回來，那是他用白天得到的救濟金到烘爐邊買的。我熱切的看著他的臉，等待他宣布新消息。消息果然來了：明天我們要回到城裡，而我將被送往北方。

在灰撲撲的小路散步，讓我十分開心。我喜歡乾草的香氣，也喜歡在我們身前一躍而起的蟋蟀鳴唱，我忍不住邊走邊哼著歌來。

我們來到塞維亞，開始沿著窄小的石街前行，我對城中這區不太熟悉。

「你以前住的房子已經被賣掉了。」伊西德修士告訴我，「我要帶你去法官的家。」

伊西德修士在一扇有黃銅鉚釘的沉重大木門前停下來，抓起形狀奇特的魚形門環敲了三下。門開了，我們走進寬敞的大廳。或許是因為院子裡的陽光燦爛，大廳顯得異常幽暗。院子裡的噴泉閃閃發亮，還嘩啦啦的唱著歌。

我們在大廳等候許久，終於有個男僕帶我們到法官辦公室。法官在屋子深處，一間安靜的房間中處理著工作。

法官坐在一張雕花長桌邊，他的四周都是文件，手指上還墨跡斑斑。他沒有起身，只揮手要伊西德修士坐下，並簡短指示我去外頭走廊站著。我聽不到他們在說什麼，但是伊西德修士出來時，表情既憤慨又難過。伊西德修士攬住我的肩，對我說了一些祝福的話。我知道自己再也見不到他了，卻一句話也說不出來，心也因為再次的別離揪成一團。修士匆匆離開，留下我等候指示。不過，時間一分一秒過去，卻沒有人告訴我該做什麼，該去哪裡。我又太過膽怯，不敢提問，只能獨自胡思亂想。我剛到修道院時，身體又病又虛弱，但有了工作，就覺得自己是個能肩負責任的人；此時的我雖然身體已經康復，卻再次感覺到自己什麼都不是——我不是人，我只是一名奴隸。

我不知道時間過了多久，僕人們來了又去，從我身邊匆匆走過，好像我是空氣一樣。訪客們被帶進法官的辦公室裡坐下、低聲談話，然後又走出來。我的腳和腿愈來愈痠，卻沒有地方可坐。等我再也承受不住，便靠著牆頹坐在地上，頭一低便睡著了。

一段時間後，有人重重踢我的腿，弄醒了我。我想對方並非故意要弄痛我，但那種羞辱感，以及自己這樣落魄睡著的模樣，突然令我覺得無依無靠、孤寂難耐，忍不住哭了出來。我一哭出聲，又挨踢了——這次對方是存心要我安靜。我把哭聲硬吞下去，笨拙的站起來。

站在我前方的高大男子是名家僕，他穿著黑色棉布衣和綠色大圍裙，口袋裡插著各種刷子和乾淨的抹布。

「跟我來，主人有事要交代你。」

我努力告訴自己不要緊張，悶悶不樂的跟上。

我沒被帶到伊西德修士進去的辦公室，而是被帶入法官的臥房裡。法官已脫去黑色外套，此時僅穿了及膝的黑色緊身褲和鞋襪，以及一件前襟打褶的精美白棉衫。

「你叫什麼名字？」法官不耐煩的問，「我的文件不在手邊。」

「我叫胡安・德・帕瑞哈。」我告訴他。

「對了，小胡安。呃，你可以去廚房吃點東西，今晚就睡馬廄。明天一早，你得跟著所有貨物一起出發，那些全都是要送給艾美莉雅女士在馬德里的侄兒——狄亞哥先生的貨物。我相信你在路上會幫趕騾人的忙，賺取自己的食物。他們沒給我飯錢，供你在我這裡或在路上吃，但我這個人呢……」他嘆口氣，「非常慈悲，我不會讓你餓著肚子上路。」

我不是三歲小孩了，我聽說過不少同齡的流浪兒與其他奴童說過，千萬別相信那些自稱有慈悲心、公平公正的好心人。奴隸們都知道，這些通常都是最冷酷、吝嗇、自私的人，一定要格外提防。我感到心中一寒。

當廚房裡的廚子遞給我一個裝了溫湯的髒碗，其他什麼都沒給時，我明白未來的日子將困難重重。

環顧四周，我發現廚房的設備非常簡陋：天花板上沒有掛著成串的洋蔥和甜椒，鉤子上看不到火腿和香腸，保存糖和麵粉的桶子還上了鎖。廚子身材乾瘦，脾氣極壞，我想法官大概是個吝嗇鬼。有句西班牙老話說：「人前大方，人後小氣。」指的就是那種在人前看似慷慨，在家中卻一毛不拔的人。

馬廄至少比廚房維護得稍微好一些，不但有幾匹養得很漂亮的馬匹，上油保養過的馬具十分光亮，黃銅裝飾也非常精美。

沒人告訴我可以睡在哪裡，於是我在稻草堆上鋪了一張床，並拿了一條毯子蓋住自己——這些毯子通常是在馬兒辛苦跑完路程，汗流浹背的被帶入馬廄時，披在牠們身上的。

3 與卡密羅先生相遇

破曉前，有人在我臉上潑了一杯冷水，叫醒了我。對方咧嘴笑著俯視我，我在漸滅的星光中，隱約看出那是一張黝黑，帶著傷疤的面孔。男人年約三十，肩膀很寬，有著野蠻不羈的帥氣，一口美麗的牙齒，和又大又亮的黑色眼睛。我從他的穿著和吆喝的語氣，很快看出他就是要帶我們去馬德里的趕騾人。我匆匆起身，主動表示要幫忙。

他是個吉普賽人，身手輕盈優雅，矯健如豹，且動作敏捷。我提著水和食物，幫忙給騾子上貨。我對這些壞脾氣的牲口畢恭畢敬，尤其是那一頭老是想咬我，又到處移動想踢我的騾子。幸好因為商人通常會用騾子負載商品，以前巴西里歐先生在倉庫裡賣貨時，我對騾子已經稍有認識了，我也在那時學會如何保護自己。吉普賽人看到我有麻煩，便走過來，冷不防的往騾子鼻上猛敲一記。我雖然很高興沒挨到騾蹄飛踢跟利齒伺候，但看到鮮血從牠的鼻孔流下來，卻也十分同情這頭可憐的騾子。牠低垂著頭，彷彿受到驚嚇。

「小黑鬼，你要是敢惹麻煩，一樣會挨揍。」吉普賽人露出燦爛的笑容。我很快就發現，那種開朗的笑容其實是一種警告。這個吉普賽人喜歡打壓所有人，讓人對他卑躬屈膝。我不是個叛逆心重的孩子，雖然常擺臭臉，但我很快學就會遵從卡密羅先生的指示。其實應該稱呼他卡密羅就好，因為只有紳士才有權利被尊為「先生」。卡密羅先生堅持我稱他先生，不過，法官出來下達最後命令的時候，確實只叫他「卡密羅」。

我們總共有十頭騾子，不過因為卡密羅先生很會壓榨牠們的關係，牠們的背上全都載滿了重物。由於不知道一天要趕多少路，我一直擔心著最糟的情況，但後來發現自己多慮了。卡密羅先生熱愛唱歌、跳舞和喝酒，每晚到了歇腳處，只要有吉普賽人的營地，他都會留給自己大把的時間好好享受。因此，雖然我們馱載重物，卻並未被逼得走太遠。真是謝天謝地。

第一天，我們在路上看到許多其他帶著載貨牲口的趕騾人，卡密羅先生很開心，因為很多人他都認識。他一路上都在唱歌，但是我到中午就累了，走在後方，監視騾子身上的貨物不要滑脫。每次有貨物滑脫了，騾子便會停下來，怎麼樣都趕不動。卡密羅先生深知這點，總會火速調整貨品，綁緊、弄穩，等貨物載妥後，他又會凶狠的踹這些騾子。

入夜後，我們抵達一座村莊，那裡有許多彩繪的吉普賽馬車，我們在這裡加入一個小車隊，把貨卸下來，讓累壞的騾子去吃草。這件事應該由我來幫忙，但我已經累到快虛脫了，我好想休息、吃頓熱飯，可是卡密羅先生立即溜得不見人影，留下我看管牲口。等月亮升起時，我已經快餓瘋了，卡密羅先生還沒回來，我根本不知道該怎麼辦。吉普賽營地飄來陣陣香氣，我呆望著，直至營火熄滅，眾人開始起舞。所有吉普賽人環聚在草皮的空地上，開始踩踏，用手拍打節奏。

這些男女穿著異國情調的衣服，女人們穿上有大量荷葉邊的裙子及荷葉袖，頭髮綁上圍巾和鮮豔的彩帶。男人們也穿著絲質上衣，但緊身褲則是黑毛料或皮革製的。一名男子坐在椅子上，悠閒的撥著吉他弦。他突然刷了一個和弦，接著我便看到卡密羅先生跳到圈子裡，擺了個姿勢，然後開始彈起手指。不久，一位高傲美麗，穿著大擺裙的年輕女郎踏上前來，在離他極近的地方，擺了一個不屑的姿勢。女郎悠悠的舉起雙臂，舞動手指，然後兩人一起共舞，過程從未碰觸彼此。那種感覺，就像看著兩隻美麗的鳥兒或野生的森林動物在求偶。所有人安靜的欣賞，偶爾有人會彈彈手指或拍拍手，或用他們自己的語言粗啞的大喊一聲。

在月光下，那真是一幅美好的景象。營火在熄滅前，噴出明豔的火光，火光時不時勾勒出舞者的身影，可是我實在餓到沒有耐性了。

當另外兩個吉普賽人開始跳舞時，我找到卡密羅先生，求他給我一點吃的。他打了我的腦袋一巴掌，害我的耳朵嗡嗡作響。

「看老子賞你一頓揍！這是讓空腹不作亂最棒的方法。」他嘶聲對我說完，從煮飯的柴火中拿起一根木條，朝我走來。

「放過這個小黑人吧。」一位美麗的吉普賽女孩慵懶的建議說：「把力氣留下來跳舞。」

「跟那些吉普賽朋友學著點，自己的食物自己偷。」他告訴我：「我會教你很多訣竅，不過如果你想餓肚子，那就呆坐著等你的飯吧！我可以跟你保證，飯不會自己跑到你手上！」

我無法相信自己的耳朵，可是他似乎真的認為我該去偷東西吃。我跌跌撞撞的走回騾子休息的地方，在樹下弄了一塊睡覺的地方。雖然我的肚子咕嚕嚕亂響，但我還是睡著了。第二天，我發現自己非得接受卡密羅先生的建議不可，否則恐怕要餓死途中。在我們旅程的那段日子裡，他什麼都不給我，只偶爾給我一點麵包皮或他吃剩的骨頭。

我該如何是好？我可是都市長大的孩子！現在我才明白，原來我一直受到保護與疼愛，不會像此刻一樣飢寒交迫或備受忽略。卡密羅先生活著的目的，似乎只是為了在每天日落後，能找到一個吉普賽營地，或某個城裡的吉普賽咖啡館，然後忘情的投入舞蹈中。我不知道他怎麼能在走了一整天路後，還能跳舞至深夜，他的身體一定是鐵打的。我則會去偷水果或高麗菜，有一次我撿到一條別人落下的麵包，立即乾巴巴的吞掉。不過我無法溜到田裡去擠牛奶或羊奶，因為我不會擠奶；我也沒辦法抓鴿子或雞，然後扭斷牠的脖子，或像卡密羅先生那樣設陷阱捕捉兔子。

不過人家都說：「需要是最好的老師。」我很快就學會如何在任何地方入睡。只要騾子一卸完貨，我便趴下去跟牠們一起睡覺——在鄉間、院子裡，或我們停駐的任何地方——然後在晨星的伴隨下，早早起床，跑到最近的教堂臺階上彎身坐著，手心向上，跟伊西德修士一樣，向路人乞憐施捨。許多虔誠的人被教堂儀式淨化心靈後，會在我手心裡丟個硬幣，有時我能在教堂門口討到足夠的錢，為自己買一整天的食物。運氣差時，我只能挨家挨戶敲門乞食。那時的我衣衫襤褸，又乾又瘦，且經常挨打，身上總是淌血，一定激起許多人的同情心。

卡密羅先生小心翼翼的將貨物裝上騾背，餵飽騾子，並為自己煮了早餐。他通常在爐火上烤鳥或香腸，直到香氣逼人的油脂噗噗噗的滴進火裡。這時，我已結束乞討回來，並在麵包店裡買了熱麵包，甚至是兩三顆蛋了，我會把蛋打碎直接生吞。

由於我摸索出了自己的生存之道，卡密羅先生開始好奇的注意我。當他發現我吃得挺不錯後，便要求我每天早上幫他帶一片麵包回來。

此時我們已經越過乾燥且塵土飛揚的拉曼恰平原，往山區前進。夜晚變得非常寒冷，我的鞋子都磨破了，我只好跟許多乞丐一樣，用破布纏住自己的腳。我又開始挨餓，有時候我們找不到下榻的村子，就必須在路邊過一晚。卡密羅先生和所有吉普賽人一樣，都是紮營高手。他總能在靠近水源的地方，找到有斜坡或大樹遮擋的休息地。可是如果附近沒有狂野的吉普賽人，用他們的音樂轉移卡密羅的注意時，他便靠打我來消磨時間。

我拚命忍受折磨，直到抵達一個頗具規模的小鎮。我決定躲開他，自己想辦法去馬德里。

不過，要在卡密羅先生眼皮下逃跑，實在太困難了。吉普賽人擅長察言觀色，卡密羅先生簡直把我看透了。他跟我一樣早起，在我還沒討足三個硬幣時，就已經走過來，揪住我破爛不堪的襯衫領口，拉著我去麵包店，差點沒把領子撕下來。等我買好麵包，他便一把搶走，然後一邊大口咬著麵包，一邊吹著口哨，昂首闊步的沿街而去。我無能為力，只能拖著步伐走回教堂臺階，試著在下場彌撒後再次乞討。可是我才走沒幾步路，肩膀便被一隻毛絨絨的大手搭住，我縮著身子，害怕是卡密羅先生又折回來了。還好，那是鎮上的烘焙師，迪馬斯先生。

「你是那個吉普賽人的奴隸嗎？」他粗聲悄悄的問我。

我雖是奴隸，卻很有骨氣。

「吉普賽人什麼時候能擁有黑奴了？」我反嗆說：「當然不是。我只是霉星高照才栽在他手裡。」我盡可能說得文謅謅，「我跟著他的車隊，他負責把貨物帶給我在馬德里的主人……我們離馬德里還有多遠？」我憂心的問。

這位大個頭麵包師傅看起來不太聰明，他穿著骯髒、沾滿麵粉的圍裙，頭戴麵包師的帽子。師傅搔了搔頭。

「我也不清楚，」他喃喃說：「我想很遠吧！這裡沒有人去過馬德里。」

「您剛才為什麼攔住我？」我接著問。

「我兒子病了，我需要找個年輕人幫忙鏟麵粉、看烤爐。」

「讓我來，我來做！」我完全不顧氣質的大聲懇求。老實說，氣質與我這身破爛衣服和餓鬼樣，也不相配。「讓我來！可是別告訴卡密羅先生我在哪裡，我寧可自己花時間去尋找我真正的主人，也不要一路被那個吉普賽人拳打腳踢。」

麵包師的小眼睛裡開始閃動貪婪的光芒，我已經有了心理準備，那種表情我以前也見過。

「我可以供你一天兩條麵包和睡覺的地方。」他開條件說。

「不行，除了兩條麵包外，你吃肉或起司時，我也要有一份。還有，我離開時，得有件溫暖的外套。」

「你要待多久？」

「等到你兒子好轉……不對。」我突然想到男孩可能會死，我說不定會被迫待好幾個月。「不行。我只會替你工作四十天。」

「呃……」

「你必須以名譽保證，你會照我說的讓我吃飯，給予我該得的東西。」我要求說：「否則我現在立刻回吉普賽人那裡。」

「那我就以名譽保證吧。」

我看得出，這種要求讓他覺得備受奉承。

「你得在證人面前發誓。」我很堅持，天知道我怎麼會想到要做法律保障，但麵包師笨笨的信以為真，鄭重其事的在街上攔下一位滿身酒氣，搖搖晃晃走向酒店的朋友，要求他見證自己的誓言。

於是，我暫時成為迪馬斯先生的奴工。

吉普賽人根本懶得來找我。而我很快就發現，我的新工作相當辛苦。麵粉會飛進我的眼睛、鼻孔裡，害我咳嗽。裝了麵糰放入烤爐的大鐵盤，又異常沉重。但我確實能喝到湯，偶爾可以吃到一塊香腸，而且白天，暖熱的烤爐也挺舒服的。我睡在店後的小屋子裡，幸好現在不是隆冬，否則我一定會凍死。小屋是用生皮固定住的石板建成的，破曉前揚起的風，會咻咻的從空隙中灌進來，還好那時我已經起床，跟著師傅在烤爐裡生火了。夜裡的老鼠是我最大的煩惱，我在小小的草堆上輾轉難眠，擔心老鼠會攻擊我。不過，我實在多慮了，那些老鼠光吃麵包師家裡的食物，就長得油油胖胖的，在夜裡只是互通消息罷了。不過有時我會聽到恐怖的尖叫與呼嚎，聽起來像魔鬼打架。經過幾個嚇到不敢睡覺的夜晚後，我還是睡著了，因為這些只是老鼠與麵包師家的貓日常的打鬥罷了。他們家養了好多貓咪，有黑的、白的、花斑和條紋的，麵包師從不餵貓，他的想法跟卡密羅先生一樣：貓本來就會自食其力，靠吃老鼠維生，讓麵包師家不被鼠輩破壞。

麵包師傅有位蒼白多病的妻子，還有個生病的孩子，雖然他們不特別照顧我，也很少跟我說話，但我還是很同情他們，替焦慮煩心的師傅感到難過。不過這並未動搖我去馬德里的計畫，等工作期限一滿，我便要求他給我一件外套，與他們道別。

我終於得到我要的外套了。這件外套是麵包師的妻子用她櫃子裡的舊布料幫我做的。雖然看起來奇形怪狀，全是用破碎布塊拼湊而成的，但全部都是毛料，所以我高興的收下了。為了這趟旅程，我攢下七條麵包，確保路上有東西吃，還請他們給我一個舊袋子裝。然後，我就出發了。

往馬德里的路朝北蜿蜒，我相信在入夜前自己一定能抵達路上的某個城鎮，可惜沒有。夜裡我只能又冷又害怕的躺在曠野中，但我啃著其中一條麵包，就這麼撐過來了。第二天中午，我來到一座村莊，聽路上的人說，離馬德里還有五天的路程。

路上人不多，我盡可能緊跟在商人或富裕的紳士後面。第三天，我跟著一名騎馬的年輕人，年輕人牽著另一匹馬，後面還有一隻馱著行囊的騾子。傍晚時，我上前懇請年輕人，讓我在夜裡幫他照顧牲口，白天則讓我跟在他身邊。

金髮青年生得十分俊美，他在馬上轉身側坐，好奇的看著我。

「你這衣衫襤褸的小黑人，怎能說這麼一口優雅的西班牙文？」他問我。

「我是一位紳士的家奴，」我驕傲的告訴他，「我是在貴族家中長大的，我的西班牙文便是在那裡學的。」

「而且還帶著塞維亞腔，」他好笑的說：「你為何要一個人往北走？你是逃跑的家奴嗎？」

「不是。」我警戒的不敢再多說了。

年輕人陷入沉思，但接著他說：「好吧，你可以與我同行。」

那晚我們夜宿星光下，第二天接著趕路。年輕人雖然沒有催趕他的馬兒，只讓牠們穩健前行，但是牠們還是走得很快。他休息吃午餐時，會給我起司和酒，我也恭敬的和他分享自己的麵包。那晚他下榻客棧，讓我睡在馬廄。時間一天一天過去，我的期望也愈來愈高。雖然我依舊是個奴僕，我開始夢想在馬德里的生活，像是乾淨的衣服與舒適的房子。我在這趟旅程學到自由得來不易，也明白了什麼是弱肉強食。

我們在第四晚來到一間客棧，等我給騾子卸完貨，替馬兒取下馬鞍，幫牠們刷過身體，在院子裡讓牠們喝過水，吃完糧草後，年輕紳士把我叫到身邊。

「你是個好孩子。」他和善的對我說：「我很高興有你的陪伴，可是現在我們必須道別了，因為我不能帶著奴隸進馬德里。沒有人會相信你是我的奴隸，而且你沒有文件能證明你屬於我。我欠了很多債，有很多債主，你會被人帶走賣掉。我不想給你惹麻煩。這枚銀幣送你，把它塞到皮帶裡或是藏起來吧。祝你好運。」

我不知道年輕人的大名，而且從此再也沒見過他。我真希望知道他的姓名，可是隔天破曉前，我就已經忘記他和所有人了。除了我身上的劇痛之外，我什麼都沒辦法去想。

那時，我在馬廄，躺在年輕人的馬匹附近，在漆黑中睡得正香。有人一把揪住我，把我拉了起來。我在燈籠的昏光下，近距離看到卡密羅先生殘酷的笑容和裸露的牙齒。在他痛扁我時，我聽到他一邊嘶聲大吼：「敢給我落跑……讓我自己去馬德里，你這個小黑王八蛋！除非我帶你去，否則狄亞哥先生一分錢都不肯付給我！我辛辛苦苦跑這麼遠，什麼錢都沒賺到……然後連修士都來找你了……死孩子！我現在就把你綁起來，看你還能逃去哪！」他用皮鞭無情的抽打我，直到我昏倒在地上。

我不太記得後來發生什麼事，只隱約知道自己在路上，跟他的馬鞍綁在一起，半昏半醒、跌跌撞撞的跟著。衣服黏在我的背上和手臂上，上面的血已經乾涸，臉上被鞭子抽到的地方灼燒疼痛，而且留下了血痕。我好渴，還發著燒，渾身劇痛。至於馬德里，我什麼都不記得了。

當我醒過來，天已經黑了。我應該是躲到內院裡的家用品、捆包或箱子後頭了。所有的一切都讓我好痛，讓我幾乎無法思考，我只能靜悄悄的躲好。

接著，我聽到了腳步聲，手提燈籠的光在箱子之間四處搖晃。我好害怕被人找到，又要挨打。可是有個聲音喊道：「小胡安！快出來，拜託你。傷害你的吉普賽人已經被趕走了。」

我一點都不相信。最終，我還是被找到了，燈光照亮我蜷蹲的地方。

「可憐的孩子，快進屋裡。我們得給你吃點東西，幫你清洗傷口。」

我被人抬起來，帶到一間溫暖的廚房。他們給了我一碗碎肉和洋蔥，我從來沒吃過如此美味的東西。我感激的吃著，依舊嗚嗚哭泣，害怕的抽噎著。我漸漸意識到身邊有個安靜的身影，一抬起頭，便看到一位非常年輕，頂著一頭黑髮的男子，他用一對深邃的眼眸嚴肅的望著我。這個人個頭矮小瘦削，身穿精美的黑衣，但沒有戴任何珠寶飾品，我猜他一定是這宅子裡的幹事或書記。

「請告訴我，」我結結巴巴的說：「主人是好人嗎？他仁慈嗎？他會不會打我？我在這裡究竟會怎麼樣？」

「你會接受治療，我們會讓你洗澡、穿新衣服，你永遠不會再挨打了。」

「可是主人呢？他打算怎麼處理我？」

「小胡安，我就是你的主人，我會照顧你，將來你會學著協助我，在我家有很多需要你幫忙的事情，但你的工作不會太困難。」

後來我才知道，這對沉默寡言的主人來說，已經是長篇大論了。

當我滿是血跡的衣服被脫下來時，衣服牽動我的傷口，讓傷口又開始流血，我痛得發抖，大聲哭泣。他們拿醋和牛脂製成的家用藥，塗在我的傷口上，弄得我又刺又痛，整夜難受得要命，但我身上終於乾淨了。我在廚房邊一個溫暖的角落，躺在鋪著白床單的乾草堆上。我終於安全了。

4 我成為畫家助手

小時候的事情我還記得多少？我記得主人和他的畫室。

我在一週之後便恢復健康，而且還拿到了新衣服。我很喜歡這些衣服，因為主人不像艾美莉雅夫人那樣，天馬行空的讓我穿上鮮豔的絲衣和頭巾，把我打扮得像隻寵物猴一樣。主人穿著十分簡樸，除了繪畫需求，平時對俗麗的裝飾毫無興趣。他為我買了一套深棕色的合身短上衣，和及膝毛織長褲。看到自己棕色的手掌和手腕，從棕色的衣袖中冒出來，令我一時之間很不舒服，覺得自己看起來像是披了第二層皮。主人往後站開，淡然的凝視我。

「我姑姑的遺物中有一只金耳環。」他突然說：「你戴起來應該很好看。」

「那也許是我母親的耳環。」我告訴他，「女主人給了我一只，但我在路上弄丟了。女主人跟我說，她會幫我保管另一只。」我的耳環一定是吉普賽人趁我昏倒時偷走的，而且我的銀幣也不見了。

我恭敬的接過主人取來的耳環，把它穿過耳洞。那的確是我母親的耳環，我開心的感受著耳環輕彈臉頰的感覺。主人看到一身棕色的我，身上有了金色的亮點，很是高興。

那只耳環我戴了許多年，最後在義大利賣掉它。不過，那是很久以後的事了，我會在適當的時機告訴大家。

我們家裡很樸素，但十分寬敞舒適。夫人華娜・米蘭達女士是位嬌小豐腴而忙碌的女子，她既活力充沛，又十分精明幹練。女主人有一名廚子和一名女僕，她把所有家事分派給他們做。我不知道夫人會要我分擔多少事情，但我並不擔心，我決定做個值得信賴、做事仔細的人，夫人要我做什麼，我就做什麼。我每天都很感謝自己能找到一位好主人，再也不必忍受卡密羅這種人的欺壓。

我在廚房裡和廚子一起吃飯，廚子很寵我，總是餵我吃零食。廚房邊有個小房間，以前是給雜役和馬廄助手住的，但主人既不養馬，也沒有馬車，所以現在就讓我住在裡面。主人出門時都用走的，夫人則每週租一次馬車去拜訪朋友、採買家用品。

我很快就發現，除了服侍主人外，我什麼都不用做，主人甚至不要我幫他更衣。我將衣服刷好，為他的皮帶和靴子上油；夫人自己也非常賢慧能幹，我猜那是因為她很愛主人，喜歡親自打理他的一切事物。她會縫補主人的亞麻衣，並確保衣服乾淨整潔。

最初在家的日子裡，主人讓我休息養傷，等我康復後，主人便喚我進他的畫室。

畫室位於家中二樓的大房間，裡頭幾乎空蕩蕩的，清冷的光線，從一面朝北的大窗子灑落。幾副堅固牢實的畫架四處擺放，房間內有一兩張椅子，還有一張長桌，上面擺了調色盤、裝滿筆刷的瓶子、破布、一些帆布和製作畫框的木料。冬天的畫室冷得刺骨，夏天又熱得跟烤爐一樣。天氣炎熱時，畫室裡充滿各種味道，因為窗戶全都大開，街上的垃圾、馬糞及附近皮匠製作皮革的臭味，全都一股腦兒朝我們飄來，簡直是臭氣熏天。可是主人從來不在意任何事，不管是熱氣、寒風、臭味或塵土都一樣，他的心思全放在光線上。唯一會讓他緊張的，只有那些因起霧或下雨，而改變光線的日子。

主人一樣樣教導我該做的事。首先，我得學會磨色粉。我們有很多磨色粉的研缽，還有各種大小的研磨棒。我很快就學會得輕輕研磨土塊和金屬化合物，直至它們變得跟女士們搽在臉頰和額頭上的粉末一樣細緻。磨色粉得耗上好幾個小時，有時我以為粉末已經磨得跟絲綢一樣細了，但若是主人掐起一小撮，用敏感的手指搓揉後還是搖搖頭，那麼我就得再多磨一會兒。之後我得把磨好的粉末，仔細與各種油混合。又過了很久後，我才學會幫主人擺置調色盤，將小坨小坨的顏料，放到固定位置。每種顏色該擺多少，該放在哪裡，主人都有自己的習慣。當然，筆刷得每天用大量上好的橄欖油皂和清水來清洗。每天早晨主人開始工作時，所有筆刷都必須是乾乾淨淨的才行。

再到後來，我得學習把帆布繃到畫框上。等我學會之後，主人要我依樣繃上亞麻布。這對我來說是最困難的一項工作。

主人將所有框畫布的用具都磨利了，按順序擺放得很整齊。他買了許多木料給我做練習，每次我用木夾子夾緊畫框，沿著木框釘畫布時，主人便會用他的表情，告訴我哪裡做錯了——有時候畫框邊角沒對齊，有時候邊框沒量準，有時候是釘子釘歪了。唉！這事相當耗神費心，害我掉了不少眼淚。艾美莉雅夫人在教我寫字之前，頂多要求我幫她搧風、遞糖果、撐洋傘。但做畫框是男人的工作，學不好令我很難過。

有一天我在做畫框，主人想在上頭繃一片上好的亞麻布，結果我卻連續失敗了三次！主人只好放下手裡的調色盤，把模特兒晾在臺上，過來為我示範。主人的手指纖瘦細長，第二個指節上長著黑毛，他的指甲是圓潤的杏形，若能有他這雙纖手，許多女人一定會非常自豪。主人精確的切割、拼整木塊，他做來如此輕鬆快速，害我相當挫折。想到我弄壞的材料，我摀著臉哭了起來。

主人抬起我的下巴，對我笑了一下，他黑色的小鬍子下，短暫的露出一抹白牙。他又匆匆回到自己的畫架邊。我拿著木料和工具，學他剛才的方式拿著，再試一遍，這回就弄對了。從此之後，我再也沒失敗過。從那時起，我便為主人繃製他所有的畫布。

然而，這只是開始而已。在畫布穩妥的綳到畫框上之後，下一步的工作是讓它能畫上油彩。我們必須塗上許多層底色。主人按記憶教我所有上底色的方法。我一時興起，告訴主人自己會寫字，能將所有準備工作寫下來。

「不行，」他說：「這些都是機密，把配方記在腦中就好。」於是，我必須訓練自己，根據主人不同的作畫需求，牢牢背下每一種底色的上法。

主人通常六點鐘起床吃早飯，夏天的時候更早。他的早餐內容通常一樣：一片烤肉和一小盤麵包。他偶爾會帶一粒柳橙進畫室，一邊安排一天的工作，一邊若有所思的嚼著。他喜歡早晨的光線，那時的光線帶著清爽的露氣，也沒有飛舞的塵埃。主人總是在畫室待到太陽西下，但是他未必一直都在畫油畫，他會畫素描，很多很多的素描。他不會保存這些素描，只是把它們丟在一旁，我倒是留了幾張。主人實在畫過太多素描了，他畫得如此輕鬆、完美，等他終於站到準備好的畫布前，他隨時都能用炭筆快速勾勒出主題的輪廓，僅需小幅修正線條。

他常常只是坐在畫室裡凝視四周……望著一片垂掛的天鵝絨、盯著一只銅碗，或是看著我。

等我在他面前覺得比較自在，不怕打擾他神遊時，我問主人他為什麼這麼做。

「我在工作啊，小胡安。」他回答：「觀察也是工作。」

我聽不懂，所以也不敢接話。我心想，主人的回答，就是要我別再多說的意思。不過大約一週之後，主人又突然提起這件事，「我坐在那裡凝視某個東西時，是在感受它的形狀，這樣等我開始作畫時，手指才能掌握它的輪廓。同時我也在分析各種顏色，比如說，你看到椅子上那片錦緞了嗎？它是什麼顏色？」

「藍色。」我馬上回答說。

「不對，小胡安。它的底層帶著淡淡的藍，但藍中還帶紫、淡玫瑰紅，高光處還有紅色和鮮綠色。你再看仔細點。」

好神奇啊，我突然能看見其他顏色了，就跟主人說的一樣。

「眼睛是很複雜的東西，會替你把各種顏色混在一起。畫家必須將顏色拆解開來，再一一畫上去，然後賞畫者的眼睛，會再度把顏色混合起來。」

「我好想畫畫！」我興高采烈的大聲說。

「唉，我沒辦法教你。」主人說完再次恢復沉默，走回畫架邊。

夜裡我躺在床上，翻來覆去的思考這句話，因為我不明白主人為什麼不能教我畫畫。我猜他是在說「我不打算教你」或是「我並不想教你」。我把這話壓到記憶底處，否則想了就覺得難過，因為我開始喜愛主人了，我希望能全心效忠他。但他這句話，卻像一隻小小的蟲子，啃蝕著我的感情。

無論我是在磨色粉，移動作畫用的花器，或在畫框上繃畫布……在主人畫畫的時候，我心中總是浮現學畫畫的念頭。也許主人只是太忙了？有可能。或者他討厭教人？那也有可能。有一天，我終於知道原因了，但不是主人告訴我的。

我們的日子非常平靜，夫人細心又節儉，她監督所有的家用，總是忙著修理、縫補，或編織她的掛毯。她性情開朗，經常邊唱歌邊在屋中走動。兩個女兒巴吉妲和妹妹依娜西亞都才剛學會走路，而且非常可愛，她們睜著溫柔的大眼睛，咿咿呀呀的說著兒語。主人常把她們抱在腿上，默默看著她們，用手指輕撫嬰孩圓潤柔軟的臉頰。我很樂意照顧這兩位小女孩，但我很少被要求這麼做。家裡認為我是屬於主人的，我也很樂意跟隨主人。除了那個想畫畫的小願望外，我非常滿足，也對愉快而舒適的生活充滿期待。

屋裡的房間都很大，到處鋪滿地毯，而且都裝了百葉窗，以擋去夏日的豔陽和冬天的寒風。簾子和椅子大多是紅色天鵝絨布，偶爾夾著深藍色。每個床頭都有一尊耶穌受難像，連我的都有。天氣極度寒冷時，房裡會擺很多火盆，通紅的炭火發出溫暖的火光，烘暖整個房間。房中並未擺放主人的畫作，牆上都覆蓋著布毯或帷幕。主人所有的作品都放在畫室裡。

有一天，夫人叫我幫她整理她床尾的鏤花大箱子，我猜它可能是用來擺放禦寒的毯子和其他毛織品的。可是當她掀開蓋子時，我看到五顏六色的絲布，亂七八糟的堆在一起。

「幫我把這些布摺好，小胡安。」她指示我說：「然後我們再依序排好，所有深色的布放在箱子底部，亮色的往上疊。你家主人會把這個箱子放到畫室裡，你得確保這些布都按順序排好，他要什麼顏色點綴或襯托時，就隨時遞上去。你以後要好好協助他，因為主人要收學徒了。」

「我還以為他不喜歡家裡有學徒。」我結結巴巴的說。

「是宮廷要求他收的。」她告訴我說：「你家主人得遵從宮裡某些人的命令，他沒辦法拒絕。何況，他現在接了很多教堂的案子，沒辦法全部親自完成，必須找幫手來畫背景，甚至是臨摹他的作品。」

「真希望我也能學畫畫！」我忘記曾和自己保證再也不提這件事，忍不住脫口而出。

「我也希望你能學，」女主人回答：「但在西班牙，法律規定奴隸不許從事任何藝術工作，可以學習一些手藝，但不能學藝術。不過你也別難過，往後退開一點，別把眼淚滴到塔夫綢上，他們會看出來的。小胡安，我知道你喜歡顏色，你可以幫我挑選刺繡的顏色，我會請主人把這個箱子交給你管理。」

我記得夫人在嫁給大畫家之前，是位某大畫家的女兒，因此我相信她的話。

原來這就是我無法學習繪畫的原因。我一想到永遠無法將心中的畫面轉移到畫布上，就覺得很難過。不過，我不會因此痛恨身為奴隸。我跟主人和夫人在一起，過得非常快樂，我覺得自己很有用，而且備受讚賞。自由？我在路途中淺嘗過自由的滋味，對一個黑人男孩而言，自由很殘酷。我只能嚥下滿腔的失望。當我拖著裝滿布料的箱子走過大廳，來到畫室時，心裡已經稍微舒服了些，主人拒絕我非他所願，而是礙於法規，不得不這樣做。

我們開始準備給學徒住的房間，並請來木匠，在後院半開放的老馬廄釘上牆板。木匠是個開朗的傢伙，一邊唱歌一邊鋸木板，幾天後，他就蓋出兩個舒適的小房間。每個房間都有一個睡覺用的寬木床，和一個帶鎖的箱子，讓學徒放置私人物品。我也很想要有個可以上鎖的箱子，可是這些都不是給我的，所以我猜，這或許也是奴隸無法擁有的事物之一。我不再多想，繼續專心打理手邊的工作。

學徒們當然都是自由的白人男孩，不過他們得聽命於主人，跟我一樣服從他。老實說，我比他們自由多了，因為我是家裡的一分子。主人對學徒是嚴肅的客套，對我卻是親密的信賴。我們都稱呼他「主人」，奴隸和白人男孩都一樣，因為「主人」這個字也有師傅、長官和領導人的意思。

其中一位學徒年約十六，僅比我大幾歲，有著圓臉桃腮、碧眼金髮，還有全世界最天真的笑容。他的名字叫克里斯多博，父親是專門雕刻宗教人像的雕刻師。一開始我們都認為克里斯多博很單純，但他其實既狡猾又愛惹事，不久我們便看出，他父親為什麼不願意自己收他為徒，讓他繼承家業了。

其實，克里斯多博很愛撒謊、偷竊，他常拿走東西，然後假裝是我偷的。主人曾設下陷阱將他逮住，並斬釘截鐵的說，如果再發生類似情形，就會將他送回他父親那邊好好管教。然後克里斯多博便不敢再來惹我了，雖然有時候，他還是忍不住要掐我或絆我一下。

有一次，克里斯多博偷了主人一片天藍色的絲布。我好希望主人能藉此趕走他，永遠不再讓他回來，但主人只罰他不許吃晚飯。主人從不打人，我想他留下克里斯多博，是因為這孩子很有繪畫天分。他可以用簡單的幾條線，快速勾勒出小鳥飛走的動作，或貓咪跳起來捕捉飄羽的身姿。他這麼年輕，便能畫得如此生動，真的很不可思議。

某天晚上吃過飯後，我聽到主人和夫人討論兩位學徒，主人拿著一杯寶紅色的酒和幾顆葡萄乾。

「把他送回去吧。」夫人建議：「他害我好緊張，我怕他有一天會傷害我們的孩子。」

「不會的，孩子們會哭，也會指認他。他真是太頑劣了。」主人傷心的說。

「我不喜歡他。」

「我也不喜歡，可是他非常有天分。」

「那另一個學徒，阿瓦羅呢？」

「他是個好孩子，負責任、有禮貌，也知道分寸，但他永遠成不了畫家，頂多當個不錯的畫匠。」

阿瓦羅是宮裡一位代書的兒子，長得又瘦又小，說話結巴，而且腸胃還不太好。我喜歡阿瓦羅，但我花更多時間注意克里斯多博。我不得不提防他，因為我得我保護自己、我的衣服，以及主人交給我的物品。

每年總有幾個月的時間，主人會接到很多肖像畫的委託工作，我就得跟在旁邊，在模特兒的臺子上擺設桌椅。我必須把品質優良的素描紙擺好，穩穩固定在木板上，並備妥燒透的素描木炭條。為了製作這些炭條，我在後院生了一小堆火，用磚頭封好，只留一個小通風口，然後把橄欖樹的細枝和樹枝扔進去，直至焦透。

我得經常調整窗戶，讓光線打在女士的長袍或某位紳士外套上的特定位置。對於這種細緻的工作，我總是非常小心。

主人對於這些事情有著異常嚴格的要求，當一切就緒，準備開始作畫時，只有我熟知主人的奇特作風。他的畫架上總是特別掛著一塊布，以便隨時可以遮住他的畫，讓大家看不見他在做什麼，主人從不允許模特兒在畫作完成之前偷看。常常有好幾天的時間，主人都只是站在模特兒前面沉思，除此之外什麼都不做，偶爾才畫一兩條線。

等主人終於在心中決定好每個細節、想好完整構圖、分析完所有顏色和線條後，便會抓起筆刷，快速又俐落的作畫。他的筆刷總是舉在頭頂上方十公分處，他的調色盤則是一片又平又大的腎形木板，上面按照一樣的順序，備好小坨的顏料。離他大拇指最近的是冷色、大地色，然後逐漸變為暖色，以及更亮的顏色，最後則是一大坨白色顏料。主人卯起勁工作時，連調色盤都不必看，便能精準無誤的拿筆刷往他要的顏料蘸去，點取他需要的分量，混進他要的顏色裡。我總是看著他，連瞥都不瞥一眼就混合出同樣的色彩，直接塗到畫布上，而顏色總是精準無比。

他的筆觸也同樣完美。當我待在他旁邊，站得離畫布很近時，經常會覺得那些筆觸是胡刷亂抹，可是當我稍微往後退一些，就會發現，那些色塊和輕抹淡塗的象牙白，竟然化為細緻的蕾絲褶邊，或絲綢上最美麗的高光。我一再的見證這件事，每次都覺得十分神奇。主人對我的驚嘆從不多說什麼，只是靜靜的在烏黑的鬍子底下，露出一彎淺淺的笑。

主人工作時從不聊天，開口說話的往往是模特兒。主人只偶爾在模特兒安靜期待他回答時，才會偶爾應個聲，含糊的附和「喔」、「有可能」或「是啊」之類的話。

不過，主人很喜歡研究不同人的個性。有一次，模特兒離開後，他一邊畫著背景一邊對我說：「小胡安，我很喜歡聽人們談論自己，因為大家會不小心展現真實的自我。譬如說吧，大部分的女人都覺得自己很可愛，說到自己時，都像是在講一位人見人愛的朋友，不管做什麼錯事都會被原諒；反之，男人則是自我崇拜，談到自己的時候，就像法官大聲宣告『無罪！』的樣子，充滿自信。」

我大膽問說：「主人，您在畫他們時，會不會很難表現他們的真實樣貌？」

「不會的，沒有人知道自己真正長什麼樣子。再幫我拿一些土黃色過來。」

然後主人便不再說話了。

我偶爾也會披上一些難駕馭的布料，擺一些動作，讓主人練習作畫。

等學徒畫過花瓶、水果、起司、火腿和各種各樣的物件後，主人開始讓他們畫人像素描，我又更經常被叫去為他們擔任模特兒。這給了我報復克里斯多博的機會，而且還能一邊偷偷協助阿瓦羅。我故意些微挪動身體，讓克里斯多博沒辦法好好素描，而當阿瓦羅正在看我時，我便努力保持不動。主人會因此責備我，也會盯著我，但有時我就是忍不住搗蛋。每次主人批評阿瓦羅的作品，稱讚克里斯多博的畫作時，我便覺得難過。有一天，我沮喪的模樣被主人看見了，他便告訴我他做出褒貶的標準與理由。

「藝術必須真實。」他說：「生命中，唯有藝術必須永遠保持真實，否則它便一文不值了。」

有一天，畫室傳來敲門聲，不久，夫人蒼白著臉，興奮的衝進來。她身後慢吞吞的跟著一位國王派來的信差，那個人將一卷羊皮紙交給主人，行禮後，便轉身離開了。女主人跑到門口為信差開門，送他離去。我和兩名學徒恭敬的站著，不發一語，主人攤開羊皮紙，讀完後便將它捲回去，再度拿起自己的調色盤與畫筆作畫。我記得當時他正在畫一只黃銅花瓶，我必須不斷移動花瓶，讓陽光隨時照在同一個位置上。

「狄亞哥！」女主人衝向前，「拜託你快告訴我！別賣關子！國王的御書上說了什麼？」

「他要我幫他畫肖像。」主人終於皺著眉說。

「喔，感謝天主！太棒了！」

「而且我在皇宮中會有一間畫室。」

夫人癱坐在椅子上，壓得椅子咿呀響。她為自己搧風，一小縷黑髮絲從她的髮束中鬆脫，散落在額頭上。國王的御書意味著她即將進入宮廷的圈子，也意味著她夢寐以求的財富、尊榮與地位。

可是主人卻不再說話，一臉蒼白的繼續畫著花瓶。最後，只有我聽見他用極小的聲音喃喃說道：「但願他們還沒派朝臣幫我準備畫室……畫室一定要有光，光線是一切，其他的都不重要……」

5 魯本斯拜訪宮廷

那是一段既混亂又興奮的時光，主人所有的畫架、畫具、裝綢緞的箱子、花瓶、椅子、垂布等，終於都搬進皇宮的畫室裡，我們也展開了在皇宮裡的工作。

我們的住家位於馬德里中心的賀洛尼馬斯街，離主廣場不遠。早上天才剛亮，我們胃裡便裝著熱騰騰的早餐，準備穿過廣場，往皇宮走去。守衛很快就認出我們，他們哐啷一聲碰撞彼此手中的劍，讓我們從交叉的劍下走過去。接著，我們穿過一道道寂靜、寒冷，掛著精美的掛毯與旗幟的長廊。我們走上寬敞的階梯，下到另一條拱廊，然後抵達畫室。畫室裡總是有位穿皇家制服的守衛在，這代表主人已經成為國王手下的人了。

然而，就這麼過了好幾個星期，我們都沒有看到國王陛下。我們經常看到他的寵臣——肥胖又愛虛張聲勢的奧雷瓦公爵，只要他在馬德里，他總是一天到晚衝進畫室裡。他長得又黑又胖，身上冒著油膩膩的汗水，一頭黑髮鮮少梳理整齊，大肚腩總是把外套上的扣子繃開。我覺得公爵十分粗俗，雖然他總是笑臉迎人、笑聲爽朗，卻有對惡毒的小眼睛，因而出於本能的不信任他。不過，公爵似乎真心喜歡主人，而且總是說：「總有一天，全歐洲的人都會認為委拉斯奎茲是歐洲最偉大的畫家！」所以我就不跟他計較了。

陛下在一個秋天的日子首度蒞臨畫室。那一天，灑進畫室裡的淡金色陽光十分清新。兩個當聽差的男孩率先抵達，吹響喇叭，緊跟著的是另外兩個拿旗幟的小聽差，最後，國王才邁步走入房中。我們大多雙膝跪地，主人則是優雅的單膝下跪，並用右手輕觸自己心臟的位置。

國王身材高大，雖然膚色極為蒼白，卻白裡透紅。他的頭髮如黃色繡緞般輕盈、潔淨而明亮，還會隨著他緩慢的步伐上下飄揚。國王肩膀寬碩，穿著黑絲長襪的雙腿卻十分細長。他的面容消瘦，而且神情十分憂鬱。陛下對主人露出羞怯的笑容，彷彿在懇求他的接納。國王雖然身穿華貴的衣裳，有眾人齊跪於面前，還有聽差、喇叭、旗幟相隨，但我本能的知道，他其實很不安，而且渴望獲得友情。可憐的國王，我心想，你如果想跟主人交朋友，主人心腸雖好，卻木納寡言，腦中只容得下他的藝術，他才不會跟你聊天呢。

可是對國王而言，主人的沉靜、內斂與寡言，或許正是他需要的慰藉，因為國王開始經常造訪畫室。想來是因為他被迫要忍受無止盡的瑣言碎語，和空洞的奉承吧，他大概也不信任朝臣們那些冠冕堂皇的誇讚。

主人畫的第一幅國王肖像，只有仔細研究他的頭部。國王微側著稜角分明的臉龐，一對蒼藍疲憊的眼眸筆直的望向畫家。他的下顎厚重而突出，嘴角毫無笑意。這只是第一張畫稿，卻已經能看出主人的想法：那是一張不輕言相信，卻溫柔且充滿希望的臉孔。

主人為國王畫肖像畫的期間，氣氛有些微妙，畫室總是為國王清空，只剩下我待在一旁，遞給主人剛燒好的炭條或混好的顏料。國王很早便下令我們不必行跪禮，只要在他進來的時候，鞠躬示意就好。主人經常動也不動的站著觀察，有時會十分專注的作畫，然後畫室裡便會完全陷入寂靜。我盡可能低調的移動，小心翼翼的不發出聲響，以免惹人注意。有一次我覺得自己快要打噴嚏了，便死命的忍，結果還是沒能忍住，噴嚏像雷一樣打了出來，讓我覺得好像犯了大罪一樣。主人沒說什麼，看也沒看我一眼，國王則稍微調整了姿勢，然後莫名的從袖子裡掏出一條蕾絲手帕，擤了擤他高貴的鼻子。

偶爾，接近中午的時候，主人會休息一下，要我陪他到比較高的樓層，從窗口眺望遠方。

「對於老是近距離看東西的眼睛來說，遠眺是一帖良藥。」他告訴我，「那些遠山讓我的眼睛得以休息，而且，我喜歡研究光線。」

等主人準備下樓時，他會調回目光，若有所思的看著我，而我總能看見他的瞳孔調節焦距的變化。主人的眼眸烏黑深邃，因此很難看出他在想什麼。更何況，他的表情內斂而自制，總是不動聲色。大家都說，西班牙人既浮誇又急躁，但那不是真的。主人自己就是一幅冷靜泰然的肖像畫，有張表情永遠不變的臉。

我們主僕會這樣度過一天，結束工作之後，主人會與家人共進晚餐，我則跟著廚子一起吃飯，因為現在學徒們都由宮裡照顧。主人有時會被國王傳去參加國宴或宮廷聚會。他當然沒辦法拒絕這些邀請，也從來沒有露出不耐煩的神色，但是當我從他手中接過筆刷或調色盤清洗時，便能感覺到他的不情願。

他往往長嘆一聲，但仍然恪守禮節。唯一能激怒他，偶爾害他緊咬嘴唇、忍住不罵人的傢伙，就是那個粗俗的奧雷瓦公爵。他老是打斷別人的對話，破壞安靜的作畫時間，就好像一隻被寵壞的粗壯犂馬，一點都不曉得自己踩壞多少玫瑰花叢，還自以為受到大家歡迎。

畫室的冬天十分寒冷。主人不允許屋中有一點點熱氣，我總是不明白，他的手都凍成那樣了，到底是如何繼續作畫的。學徒們戴上了露出指尖的手套。在家裡，夫人總是戴著暖手筒，並用一條緞帶把手筒掛在脖子上，她一忙完事情，便把手塞回暖手筒裡。至於我，我總是請廚師幫我弄一盆熱水，讓我把這雙在畫室裡凍了一整天的手泡進去，要泡上好久，我的雙手才能再次活動。

不過，夜裡我們非常暖和。夫人給我們溫暖的羊毛被子，晚餐時，她和主人把腳塞在垂至地板的毛氈長桌布下，並在裡頭放一盆炭火，讓腿保暖。兩個小女孩則經常待在床上，只有陽光明朗時，她們才會四處亂跑。

隨著日子一天天過去，寒意輕柔而緩慢的從空氣中褪去。從覆雪的山頂吹來的冷風不再那麼冰冷，皇宮的石頭也退去寒意，春天降臨了，帶來細雨、水窪、泥濘，和四濺的水花。啊，我好愛春天！這個聲光燦爛的世界突然又屬於我們了，人們整天在街上喧嘩高喊，商人吆喝著買賣，馬匹和馬車噠噠的走過。主人解下脖子上圍了一整個冬季的圍巾，一件件脫掉讓他看起來臃腫的沉重外衣。

夏天，豔陽從萬里無雲的天空照向大地。人們裝模作樣的喘著氣，為自己搧扇子，假裝熱到受不了——但我們家可不同。我們是塞維亞人，我們熱愛紅通通的夏日驕陽。主人穿著細麻布衫，把袖子捲到手肘上，用筆刷畫著大圈。他在夏天工作量總是特別大。

歲月如梭，我也漸漸長大了。這點我很清楚，因為我開始必須刮鬍子了。主人給了我一把上好的刮鬍刀，刀片是用西班牙托雷多產的鋼所做成，跟他用的那把一樣。除此之外，我的聲音日益低沉，主人喜歡聽我邊工作邊唱歌。

記得一六二八年的某一天，在小聽差與喇叭的領路下，國王陛下蒞臨畫室。他穿著海藍色天鵝絨衣裳，裡面襯著白色蕾絲領。他很少穿得那樣正式，因此主人猜想是有重大消息要宣布，他放下畫筆和調色盤，單膝跪地等候消息。

國王讓他起身，用纖柔的白手搭住主人肩上的黑天鵝絨。

「尼德蘭攝政王手下的畫家魯本斯，即將拜訪我們宮廷。」

國王有些結巴，口氣也略為含糊。「魯本斯將帶著大批隨侍的僕人與奴隸同行，我讓他們都住進宮裡的房間。大家都說，魯本斯是歐洲最偉大的畫家。狄亞哥先生，我希望他在馬德里拜訪我們的期間，能由你做他的嚮導。」

「這是我的榮幸。」主人回答。

國王接著表示：「我會在魯本斯抵達當晚，舉辦一場晚宴，然後是宮廷舞會。我相信委拉斯奎茲夫人身體應已恢復安泰，能夠一同出席了。」

說罷，國王便轉身準備離去，喇叭手已將金色喇叭放到嘴邊，但國王又折回來，再次用戴滿珠寶的手搭住主人的肩膀。

「我不覺得他畫得比你好，狄亞哥，我一點都不認為，但我們將以最高禮遇相待。」

「我會很樂意向他學習。」主人僅簡單的回應。

我以為主人只是客套，因為他待人一向很謙虛。可是這一次，與魯本斯的相遇，讓我又對主人有了更深的認識。他對自己的藝術抱持至高無尚的敬意，從不視其為理所當然。他只要活到老，便會學到老，盡己所能為藝術做更多的服務。

第二天，在皇家晚宴之後，魯本斯跑來參觀主人的畫室。他是位高大、氣色紅潤又英俊的男子，肩寬腰粗，頂著一頭紅金色的捲髮，留著金色鬍子。兩人一番行禮寒暄後，主人便要我取來新的畫筆、剛繃好的畫布和擦顏料的布塊。魯本斯將示範他如何畫頭髮、布料，如何堆疊出充滿光澤的膚色……這些都是他著名的繪畫技巧。

兩位大畫家相談甚歡。雖然魯本斯的西班牙語帶有很重的口音，但是非常能言善道。

「你能找個裸體模特兒來嗎？一個女人？」魯本斯輕鬆的問，「那樣我就能為你詳實的示範我的技法。」

主人有點退縮。西班牙宮廷非常保守，主人從未畫過裸體模特兒。

「那不太可能，」他解釋說：「國王陛下很在意這種事。我們或許能去拜訪我認識的一位雕塑師，他有時會用僅披了少許布塊的男性模特兒，不過我們那些皮粗肉厚的黝黑鄉下人，不太可能有您畫作上那種瓷光粉嫩的膚色。」主人懇切的說。

「我的贊助人常跟我說，西班牙聖像雕塑師擁有鬼斧神工般的天才。」魯本斯熱切的說：「我很想參觀他們的工作室。」

隔天，經由奧雷瓦公爵的安排，我們與魯本斯一同到吉爾・麥迪納的工作室參觀，工作室裡有許多學徒幫忙雕刻木頭和石頭。我帶著主人的素描本隨行。

由於麥迪納的工作與教會有關，所以有座修道院在內院旁設立了一個工作室供大師使用。那是一個相當寬敞的空間，尤其是有些雕像非常高，除了空間夠大，也需要有高聳的天花板才擺得下。

奧雷瓦公爵得意洋洋的往前邁步，將他的墨綠色寬邊羽飾帽往後甩，讓羽毛垂到他的領子邊。一名臉上坑坑疤疤，長得獐頭鼠目，比我還矮的男人走向前，對公爵彎腰行禮。

公爵介紹他說：「這位是我們的雕刻師，很虔誠的基督徒，也是歐洲最棒的木雕師傅——吉爾先生。這位是偉大的彼德·保羅·魯本斯，尼德蘭攝政王的畫師。而這位是我們自己的宮廷畫師，狄亞哥·委拉斯奎茲先生。」

雕刻師搓著雙手，喃喃說：「不知小的有什麼能為各位效勞的？」

魯本斯答道：「我想參觀你的工作室，但並不想打擾你，我可以自己到處看看。」

「您當自己家就好。」吉爾·麥迪納用西班牙式的客套說。

主人和魯本斯四處參觀時，我留在遠處觀察那些學徒。他們大部分都是年紀不足六歲的小男孩，正在畫有標記的軟木上雕刻；年紀較大，技術比較好的，則坐在桌邊雕刻大的作品。

有幾張桌子上，擺滿了按比例仔細畫好的圖稿。各種各樣的人像靠立在牆邊，從穿著飄逸長袍的聖母和聖人、揚起巨大翅膀準備飛入空中的天使，到耶穌的受難像，不一而足。受難像、旁邊幾個聖賽巴斯汀的雕像，還有另一個我認不出的聖人像，這些是幾乎全裸的雕像。我看到魯本斯停下來仔細檢視這些作品，他用手指撫摸刻痕，並往後站開，欣賞那完美的比例。我聽不清楚他說的話，可是當奧雷瓦公爵用全世界都聽得見的大嗓門回答他時，我便明白一切了。

「我常把死刑犯，或被判去大船上划槳的囚犯，送到麥迪納大師這裡，讓他直接以活人為範本。我們西班牙人通常不屑裸露，但被送去划槳的犯人，應該很高興能藉此減刑幾年吧。如果犯人願意按我們雕塑師的意思，在十字架或拷問臺上待幾個小時，我便能幫他安排。我敢保證，麥迪納大師那些逼真的痛苦表情都是臨摹活人的！當然了，我們從來不會真的把人釘到十字架上，但即使用布牢牢吊著，也夠折磨人了！」

我親耳聽到那些話，不由得心中一凜，但魯本斯卻心平氣和的詢問：「所以這些小偷並未被釘在十字架上，而是被懸吊在上面？」

「是的。」麥迪納答道。

魯本斯接著說：「現在我知道你是如何重現耶穌生前的各種表情了。可是……」他指向一個掛在十字架上，比真人更巨大，已經垂軟向死亡屈服的耶穌受難像。「這座雕像的靈感從何而來？」

公爵發出巨大的笑聲，他傾身靠過來，跟主人和魯本斯竊竊私語。我聽不見他的話，接著公爵對他們揮手示意，帶他們走入另一道走廊，穿過一扇門，來到另一個內院。因為紳士很少會把硬幣和素描材料帶在身上，我奉命必須隨時緊跟著主人，幫主人帶著手帕和錢。但當我正想跟上去時，卻被麥迪納大師一把攔住。門在主人和魯本斯身後被關上了。

「你留在這裡，他們會回來的。」麥迪納對我說，然後繼續完成他正在雕刻的天使面容。我只好到一邊去。有個學徒走向我，悄聲跟我說道：「他們剛送了一個瀕死的人進來，師父把他掛到十字架上，讓他死在那裡。我們大家都畫了素描，全程由公爵監督。」

我覺得驚恐極了。

小學徒哈哈哈的笑，狡滑的看著我。

「反正他已經被判處拷刑和死刑，遲早要死，所以我們就好好利用他囉。」

他們從內院回來了，主人面無表情，我沒辦法拿我剛才聽到的話去問他，或許我永遠不會知道真相。也許小學徒撒了謊，故意想嚇我，以此為樂。年輕人常用這種方式欺負我，我是奴隸，不能反抗他們，但是我很理性，就算我是自由之身，也不會跟他們打起來，我只會離他們遠一點……逃得遠遠的。我討厭那些殘忍的事物。

回到宮裡之後，主人讓我回家休息。我躺在自己的小床上試著入睡，腦中卻不斷浮現吉爾・麥迪納的鼠眼，生動悲苦的受難像，還有那些年輕學徒貪婪、冷酷的臉孔。

那晚宮裡還有另一場宴會，我得去服侍主人，因此太陽一落至地平線，我便起床梳洗，整理儀容。主人剛好從臥室出來，穿著一如往常的黑色裝束。他今晚的套裝是厚重的織錦，黑玉雕成的扣子烏亮有光，垂在肩上的亞麻大領子，細緻薄透到能看到底下的手。他柔順的黑髮從額上往後梳，像波浪一樣垂到頸間。除此之外，主人沒有戴任何珠寶手飾。

「來吧，小胡安，我們先去看看學徒的狀況，再回來接夫人。她不太舒服，但她還是堅持參加宴會。你得幫她帶瓶強烈的香水，讓她聞香、提神，還要順便帶把扇子。」

我們站在學徒的畫作前，主人仔細端詳他們的成果。接著，他拿起畫，沾了紅色顏料，無情的把克里斯多博的作品一筆畫掉，然後轉向阿瓦羅的畫，一語不發（這是主人表達讚許的意思）。主人讓他們畫靜物——一塊發霉的起司、盛有紅酒的水晶杯，和一塊硬麵包。克里斯多博的畫很美，水晶杯裡的酒泛著紅寶石般的光澤，起司看起來金黃濃郁，麵包則在陰影裡襯托整個畫面。阿瓦羅畫的起司乾巴巴的，跟實物一樣覆蓋著綠霉，而且他還在起司上面畫了一隻醜陋的大蟑螂。

「阿瓦羅真是缺乏想像力，」主人笑著批評，「剛才有蟑螂嗎？」

「是的，師父。」

喔，太蠢了！我心想，他應該把蟑螂趕跑，而不是畫出來。

克里斯多博很鬱悶。

「我沒有冒犯的意思，可是請問……」他用很冒犯的語氣說：「您為什麼要毀掉我的畫？」

「為了教你別刻意美化，那是一種巨大的誘惑。」

克里斯多博努力不回嘴，但還是沒忍住。他用一對明亮而叛逆的眼神看著主人。

「我還以為『藝術』應該追求『美』。」

「不對，克里斯多博。『藝術』應該追求『真實』，不矯飾、不煽情的真實就是美。你一定要記得這點，克里斯多博。」

克里斯多博既受傷又憤怒，他顯然對自己的畫作充滿自信，滿心期待受到讚賞。阿瓦羅則愣愣的坐在自己的畫架後面。

「阿瓦羅很誠實，而且他的畫裡充滿真實。你們一定要告訴自己，『寧可如實呈現眼前的醜陋，也絕不膚淺畫下自以為是的美麗。』提醒自己，『藝術即真實，為藝術服務，永遠不行欺瞞。』」

我不知道克里斯多博與阿瓦羅，是不是都記住了，但我從不曾忘記主人的這番話。

6 我墜入愛河

說了好多大家的故事，現在，我想說說自己的故事。那天晚上，在宴會上，發生了一件令我永生難忘的事情。

這場盛大的皇家晚宴，在宮中最大、最富麗的房間舉行。許許多多的王公貴婦帶著家奴前來，並讓他們站在椅子後方，以便隨時為主人遞手帕、搧風，或是幫忙撿起掉落的髮夾。有些特別富裕的貴族是由親戚陪侍，但大部分的人都是由一兩名奴隸跟著。我認識幾個被訓練成貼身男僕的年輕黑奴，而黑奴少女大都學習針線活，像我的母親那樣，成為技術精湛的裁縫師，或是負責保母的工作，幫忙照顧孩子，必要時也擔任護士。

這晚，我看到魯本斯一行人中，有位貴婦的椅子後面，站著一名年紀與我相彷的女孩。女孩有些蒼白虛弱，生得楚楚可憐，但有著黑人烏黑明亮的大眼睛，一頭黑髮捲曲濃密。她的手裡有把七弦琴，但是用寬大的絲帶掛在她的脖子上，所以她的雙手能自由的撥動琴弦。

當大家都吃完主餐，僕人將餐盤撤下，送上甜點和水果時，那位貴婦便給了女孩一個暗示。女孩拿穩樂器，她撥動琴弦時抬起頭，彷彿正在神遊，等待謬思女神的降臨。接著，女孩開始用和琴弦一樣高亢、清亮的歌聲，唱出顫動、奇異的曲調。

我猜這個美麗的非洲裔女孩，曾經與阿拉伯人住過一段時間，甚至可能擁有阿拉伯血統。她唱的曲調跟阿拉伯音樂一樣，哀戚而綿延不絕，她顫動的喉頭送出每個音符，並以起伏不定的裝飾音點綴。女孩閉著眼睛歌唱，面容盡是悲悽與渴望。她在想些什麼？失去的家園，還是再也見不到的親人？她的歌聲雖然優美動人，卻在我心中喚起許多沒有解答的疑問。我不忍心聽她歌唱，悲痛刺穿了我的心。

表演結束後，眾人熱情鼓掌，讚嘆不已。女孩只是低著頭，等待眾人恢復安靜。接著她撥動幾個和弦，立即刷出節奏，並以此為底，用開朗活潑的聲音，唱了一首輕盈而高亢的歌。她時不時便停下來，用手指及手掌敲擊樂器木片上的圖紋，然後抬頭凝望大家。隨後，她在大家的要求下又唱了一首，那首曲子低沉、哀傷，激烈而充滿痛苦。

我聽不懂歌詞說的是什麼，也從沒聽過這樣的音樂，但我卻深深為其感動。那歌曲鑽進了我的血液裡頭，在我的血管中鼓動，對我訴說離別的痛苦與哀愁，彷彿我親身經歷了這些一樣。

第二天，我想盡辦法，希望能再見女孩一面。我編了上千個藉口，想靠近魯本斯一行人下榻的走廊區，可惜運氣不好，只有打聽到女孩的名字叫做梅莉。

我所有心神都在她身上，只能不斷強迫自己專心，才勉強把日常的工作做完。主人瞪了我好幾次，而且同樣一件事，他得重複告訴我好多遍，我才會聽進去。梅莉的臉龐、微垂在纖頸上的頭髮、烏黑的大眼睛、纖長的雙手、迷人的歌聲……她完完全全俘虜了我的心。

主人今天在趕畫的同時，等待著魯本斯的消息。不久，女主人就帶來了魯本斯的信。主人讀信的時候，女主人卻在觀察我。我一邊磨著研缽裡的深土色顏料，一邊嘆著氣。

「我看小胡安戀愛了，狄亞哥。」女主人和藹的看著我，「可憐的孩子，愛情是很惱人的。」

女主人直接說中了我的心情，讓我一時間說不出話來。沒錯，愛情太折磨人了。

主人表示：「讓信差回去吧，親愛的，我待會就派小胡安送信過去。」

為了能見到梅莉一面，我實在迫不及待要幫主人送信了！可是主人又繼續畫了半個小時左右，然後才淡定的坐下來寫了幾個字。簽名之後，一如他寫過寥寥可數的所有信，他簽上一個大大的「V」字。

主人大概是看穿了我的心思，所以才派我去送信，讓我有機會接近那位令我心動的女孩。當時的我只知道主人很仁慈，卻還不知道他願意默默為別人做到什麼程度。

我接過主人的信，不過在送信給魯本斯之前，我還先衝去洗手、刷鞋、整理儀容。我好高興主人讓我不必像伊斯蘭教的修士或小丑一樣穿戴頭巾和長袍，而是打扮得像個男人。

宮廷各處的守衛，只要看到信底的「V」，都會讓我通行。最後，擋在我和魯本斯之間的，只剩下一個壯碩的金髮尼德蘭管家了。我要求他立刻帶我去見他的主人。管家用法蘭德斯語高聲喊了一句話，裡頭馬上有人大聲回應。是魯本斯的聲音。

「快讓那男孩進來！我正在等委拉斯奎茲大師的回覆。」

我走進房子裡，在見到畫家之前，倒是先看到一名尼德蘭女士，她端著盆子，從其中一個房間急匆匆的出來，一身淡藍色的絲裙掃過大廳的石地板。另一位身穿白衣的婦人正試圖安慰她。我聽到她們低聲交談。

「怎麼回事？」魯本斯大聲問她們。

「是那個黑丫頭梅莉，她又發病了，她的女主人很擔心。」白衣婦人回答說。

「等一下，我在信裡加一句話。」魯本斯對我說，然後便坐下來，倉促動筆，「我們這裡需要醫生，希望你的主人能幫我們找一位可靠的醫生，愈快愈好。」

我心慌意亂的跑回去，到家時，我喘得上氣不接下氣。

「快去找曼德茲醫生，帶他去魯本斯那裡。」主人吩咐我說：「你知道他家在哪裡。」

我再次拔腿狂奔。我經常去請曼德茲醫生，因為主人的小女兒依娜西亞小的時候，經常突然咳嗽不止，把女主人嚇個半死。

曼德茲醫生是位瘦削、面色蒼白的男子，老是帶著黑眼圈，一副從沒睡飽的樣子。不過，也可能真的沒有睡夠。他是新教徒，據說精通所有猶太和阿拉伯的醫術。國王也非常信賴他，經常傳喚他為皇族看病。

我在實驗室找到曼德茲醫生，他正用藍色火焰燒煮實驗瓶裡的東西。實驗室的桌上擺滿研缽、燉鍋和藥水瓶。他的藥品和軟膏都是他親手調製的，從不委託他人幫忙，深怕別人會在調製過程中出錯。我必須等他把手邊的工作告一段落才行。曼德茲醫生終於放下實驗瓶，戴上眼鏡，然後轉向我。我把信拿給他看，醫生看完便匆忙的收拾一個小箱子，奔出門外。

我們趕到魯本斯的住所，直接走進病房，慌亂中也沒有人攔住我們。

美麗的梅莉半躺在椅子上，頭垂向一邊，唇上有層白沫，雙眼往後直翻，只剩下眼白。她的手臂垂在身側，兩隻手像細莖上的花朵不停顫抖。

醫生揮手請慌亂的女士們往後站開，然後打開一個瓶子，在梅莉的小鼻子下晃了晃。過了一會，梅莉動了動頭，開始乾嘔咳嗽。醫師繼續拿著打開的瓶子對準她的鼻下，直到梅莉挺起身子，眼睛開始能正常聚焦為止。梅莉驚恐的環顧四周，豆大的淚珠從她眼中滴落。

「喔，夫人。」她哭道，「我是不是又發作了？」

穿藍衣的婦人朝她走去，拉起梅莉的手，和藹的按著。

「你嚇到我了，梅莉！」

她們用法蘭德斯宮廷的特殊西班牙語交談，但我大概聽得懂她們的意思。

「我好丟臉，」梅莉嗚嗚的哭著，她摀住臉，在大椅子中蜷成一小團。

曼德茲醫師拍了拍梅莉的肩膀，然後收起他的小瓶子，「我也沒辦法幫上什麼，這是癲癇，對吧？」

「是的，她總會慘叫一聲，然後摔倒，接著開始抽搐、翻白眼、吐白沫，像是受盡了折磨……」

「就我所知，這種病沒辦法治好。」曼德茲醫師難過的說：

「當她大叫出聲時，別讓她摔在硬物上，或跌入火中。夫人，您別太傷心，我想她沒有大礙，只是事後覺得嚇著您，給您添了麻煩，因而感到難過罷了。」

「我好害怕，」梅莉哭著說：「我對夫人來說是個麻煩，是顆燙手山芋，我好怕有一天她會嫌我煩……把我賣掉……」

「別那麼說，梅莉。」她的女主人安撫她說，「好了，好了。」

可是我心愛的、美麗的梅莉，卻無法抑制的不停哭泣。

我一直很快樂也很感恩，因為我有狄亞哥這樣仁慈的主人；除了無法畫畫以外，我不曾因為身為奴隸而感到悲傷，畢竟沒有人生是十全十美的。可是，我發現梅莉的女主人並沒有保證不會賣掉她，說不定……

我的心像可憐的梅莉一樣被恐懼籠罩。每位奴隸的心臟旁邊都有這樣的疑問，像一根芒刺刺在那裡——「有一天，我也會被賣掉嗎？」

我知道自己再也見不到梅莉了，因為魯本斯一行人不久便要離開宮廷，前往義大利。離別讓我心碎，但是梅莉讓我看清的恐懼，更是永遠烙在我心裡。任何遠方的歌聲，或七弦琴清脆的琴音，都會讓我想起她淒涼的哭喊：「夫人會嫌我麻煩……把我賣掉……」

他們說，小孩子經常會在半夜哭醒，是因為夢見母親或父親死掉。

現在，我也經常滿心驚恐的哭著醒來……我夢見自己被賣掉了。

7 拜訪義大利

幾個月過去了，剛開始，我天天思念著梅莉，但時間是最殘忍的叛徒，教我們學會接受失去。那時的我還很年輕，年輕的心靈是不會一直悲傷下去的。

我們在皇宮裡有了住處。住處離畫室很近，主人可以在那裡休息，夫人可以過來縫紉，小女孩們也能在屋中玩耍，她們總是喜歡在地板上滾著球玩。女孩們日漸長大，變得愈來愈活潑，也愈來愈調皮了。我很難阻止她們進到畫室裡頭，因為她們總是愛踩著小腳丫，噠噠噠的跟在父親後頭。

在溫暖的日子裡，主人不會關上畫室的門，因此更沒有辦法讓她們好好待在外頭。我總是得拉起她們暖呼呼的小手，帶她們回到她們母親身邊，不過夫人經常生病，精神也不好，沒辦法整天追在她們後面跑。

國王經常拜訪畫室，讓主人畫肖像。好幾次，主人在作畫的時候，總在國王腳邊畫上他最愛的獵犬。在那段日子裡，國王的獵犬們漸漸與我熟絡起來，這讓我也想養一隻小動物，來陪主人的女兒們玩。大型犬可能不太適合，但或許可以養一隻小狗或是小貓。

有一天，我獲准到皇宮外的教堂禱告。夫人交辦了一些雜務，要我到太陽門廣場附近的扣子店裡，為她給女兒新縫製的洋裝買六顆藍色鈕扣，再去草藥行買一小包卡斯蒂爾產的粉紅玫瑰乾葉。有一次，阿瓦羅起床的時候，眼睛發炎，又紅又腫，幾乎睜不開，也沒辦法休息，夫人就為他泡了一壺用來舒緩、治療眼疾的卡斯蒂爾玫瑰茶；除此之外，主人也常用放涼的玫瑰水冷敷眼睛，以維護良好的視力。

我愉快的前往教堂，教堂總是讓我感到平靜，賜給我力量。燃燒的蠟燭和焚香的濃郁芬芳，總是讓我覺得好像回到充滿愛與溫暖的家。我合十為所有逝去的親人祈禱，當然也為主人、夫人和國王禱告，最近我也替梅莉禱告。當我雙膝跪地，虔誠的禱告時，我彷彿感覺到天使的翅膀包圍著我，為我把世間所有的醜惡與傷害阻擋在外。

夫人交代的事情我很快便辦妥了，之後，我便跑去幫主人的大女兒巴吉妲找寵物。

皇宮的御廚們養了許多貓咪來抓老鼠，但那些貓太凶惡了，一點都不像寵物。我見過許多毛茸茸的小貓，牠們的貓毛又厚又柔軟，抱起來卻輕如麻雀。這些小貓咪是阿拉伯人從小亞細亞帶來的，在馬德里被當成寵物販賣，是世界上最可愛的小動物。牠們圓滾滾的大眼睛有的是綠色，有的是金色的；短短的小鼻子則是粉紅色的。在太陽廣場附近有一家店，裡面的蕾絲女工就養了兩隻這樣的貓，而且她也經常販賣小貓。

這位叫翠妮女士的女工很喜歡我。之前，每次在市場遇到她，她總是說我是她的幸運星，因為她摸到我外套的那幾天，生意都特別興隆，能賣出很多東西。她總是對我大喊：「嗨，小黑人！過來拉拉我的手，為我帶來今天的好運氣！」

現在，我要去索求回報了。

我來到翠妮女士的店鋪門口，往裡面張望。翠妮女士正忙著向一位貴婦推銷蕾絲領，但她停下來，對我笑一笑，然後示意要我等一下。我屏氣專心為她祈禱，希望她一切順利，然後我的願望實現了——那位貴婦買了三條領子，付了許多金幣到翠妮女士手裡。貴婦離開店鋪時，我往後遠遠的退開。有時白人不希望我踩到他們的影子，擔心會帶來霉運，所以我總是小心翼翼的不去驚擾他們。

「小黑人！」店裡傳來呼聲，「你又給我帶來好運啦！快進來，我請你吃棗子糕。」

翠妮女士皺巴巴的小臉蛋喜氣十足。這些金幣能讓她生活好幾個禮拜，她的小眼睛充滿快樂的光采。

「謝謝你，翠妮女士，」我說，「可是我想跟你要點其他東西，不是棗子糕。」

她突然戒心重重，以為我想跟她要錢。

「你想要什麼東西，小黑人？我是個窮女人，雖然剛賣掉三條領子，但大部分的錢都還得交出去。不過，你說吧！只要是我辦得到的，我一定盡力，誰叫你是我的幸運星！」

「我想要一隻小白貓。」

她一聽，馬上開心的一邊拍手，一邊又蹦又跳，她身上的棕黑色大寬裙也跟像孩子一樣激動得上下飄動。

「那有什麼問題！牠可漂亮了！這一窩其他小貓我都賣掉了，但最小的這隻，才是所有小貓咪裡頭最美的！」她衝到店鋪後面——那是她做蕾絲的地方，也是她的臥室和廚房——抱起一小團白絨球，我聽到母貓輕聲「喵」了一聲表示抗議。

「你看，可愛吧！沒有人會買牠，因為牠的眼睛一藍一綠，可是，小黑人，你可是魔法師呢！你一定知道這代表好運！天大的好運！帶牠走吧，送你！」

我把小貓塞到外套裡頭，扣上扣子，小貓就發出安心的呼嚕聲。我馬不停蹄的趕回住處，因為我知道夫人一定等得很焦急。果然，夫人站在門口，緊張的在瓷磚上來回踱步。

「我以後再也不讓你出門了，小胡安。」她一臉不悅的責罵我，「只是要你跑個小腿，就花了這麼多時間！」

「夫人，我出去那麼久，是為了幫巴吉姐準備一份禮物，禮物在這裡！」我從外套裡撈出微微顫抖，有著花臉的小貓。

「喔，小乖乖！」夫人情不自禁的把小貓抱到脖子邊磨蹭，「謝謝你，小胡安！」她把小貓放到地上，巴吉姐馬上笑著追了起來，嚇得小貓又怯又驚，還發出微弱的嘶嘶聲。不過，夫人馬上拿來一球彩色毛線，沿著地板放著，不久巴吉妲和乖乖（因為牠再也沒被叫成別的名字了）便開心的玩在一起，連小妹妹都開心的咯咯笑。

乖乖很快就變成全家人的寶貝。孩子們忙著跟牠玩，不再闖進主人的畫室，連主人有時都會在夜裡跟貓咪玩上好一陣子。後來，乖乖長成優雅、高貴的大貓，而且經常在晚飯後，坐在主人的椅子扶手上，發出舒適的呼嚕聲。

那年春夏交際時，國王前來探訪主人，委託他去義大利參觀魯本斯提過的偉大作品，幫皇宮購買一些畫作與雕刻，並為住在那不勒斯的瑪麗亞公主畫肖像。瑪麗亞公主是國王的妹妹，不久之後將嫁給匈牙利國王斐迪南三世。

主人將此事告知夫人，她難過的問：「可是孩子們怎麼辦？我沒辦法帶著她們，可是又不忍心將她們留下！」

「我一個人去就好，我會帶著小胡安一起。」他告訴夫人。

夫人哭了起來，她不斷跺腳，威脅要從皇宮四樓窗口跳下去。主人耐著性子安撫她，最後，主人向她約定好，會帶著她和女孩們先到塞維亞。我們離開西班牙的這段期間，她們將跟夫人的父親同住。

我的準備工作很簡單，只要把少數貴重物品放到手帕裡，包起來、打個結就完成了；主人的東西也不多，除了身上穿的衣服，只多帶了一套替換，畫布和畫筆則會在義大利重新購買。

國王下令封起我們的住處，並派守衛看守到我們歸來為止。國王也在我們城裡的房子派了守衛，但夫人仍然不放心，她將地毯、掛毯和香草都收起來，避免它們被飛蛾啃食，她還將她的銀器藏到石板下。最後，她蒼白著臉，哭著宣布自己準備好上路，我們一行人便出發了。

我們總共有兩輛馬車：主人、夫人、巴吉妲和妹妹乘坐第一輛馬車，夫人的女僕、廚子和我則搭第二輛設備較差的馬車。這輛車的座椅既沒有彈簧也沒有軟墊，不過馬兒還是拉得很穩健，而且兩輛馬車總是在同一時間抵達客棧。在我們這輛車上還有另一位乘客——這位乘客待在主人特地訂製的箱子裡，箱頂有呼吸用的洞，而且還有手把，讓我能穩穩的扛著牠——這位乘客就是可憐的乖乖，牠痛恨整趟旅程，在箱子裡不停的哀嚎。

在穿越西班牙的旅途中，我的心裡五味雜陳，我也不知道自己到底是開心，還是難過。一方面，我很感恩能待在溫暖的馬車裡，無論早晚都有熱騰騰的食物可以吃，午餐則有麵包、紅酒和水果。我也很高興能晚上休息時，能睡在溫暖的廚房，而不是在冷風倒灌的馬廄或清冷的星光下。然而，就在同一條路上，我第一次旅行的恐懼感又回來了，我好害怕再次遇到那個咧著嘴，帶著狡猾笑容和鞭子的吉普賽人。

過了幾天，馬車噠噠的越過川流不息的棕色瓜達幾維河，我又再次見到塞維亞主教座堂的金色鐘樓。思鄉的淚水湧上我的眼眶，我想起我曾深愛的人們：我的母親、老主人、老夫人和伊西德修士……我好想念這位矮小的修士，可惜這段旅程沒有時間讓我去拜訪他。

終於，我們抵達帕切科公館，還引起了一陣騷動。疲累的馬兒將馬車拉到內院，馬具立即被卸下來，馬兒也被帶去擦乾身體，補充水和食糧。我們一行人、主人一家、帕切科一家，以及他們的親戚與僕從，又親又哭的高聲嚷嚷；僕人們四處奔走，整理行李，忙著帶孩子們到房間洗澡，好好疼愛一番，並聽我們談所有來自馬德里和宮廷的消息。突然的喧鬧與忙亂，又引起主人的頭痛。當他緊張、過於疲勞，或是受到太多刺激時，往往都會犯頭痛。主人進了為他們夫妻預備的臥室休息，我給他浸過冷水的涼布和一顆藥丸。藥丸是曼德茲醫生用鴉片幫主人做的止痛藥，讓能夠緩和他頭痛的毛病。說老實話，主人在進宮廷，被迫出席許多國王的典禮之前，從來都沒有犯過頭痛。

夫人終於從她父親、姊妹、表親和希望得到她祝福的老僕人懷中抽身，進到臥房裡照顧主人。我跑去關心可憐的乖乖，試著讓牠適應這個陌生的新家，可是我根本多慮了。巴吉妲已經把乖乖抱出箱子，餵了牠冷水和一點乳酪，然後抱著牠去睡覺。小女孩和貓依偎著彼此，在睡夢中發出舒服的呼吸聲。我躡手躡腳的走開，去找我睡覺的地方。帕切科老爺已經在他自己的畫室角落，為我鋪了一張床。

主人身體不適的時候，我一步也不敢離開屋子。可憐的主人，他因為頭痛而臉色發白、身體虛弱。然而，當主人覺得身體好多了，他便決定要立即啟程，這樣才能在巴塞隆納趕上斯賓諾拉侯爵的大帆船。為了抓緊時間，我們必須先找一艘小船，盡早順流往北出發。我放棄了拜訪伊西德修士的念頭，但我還是請求夫人，盡可能送一些柳橙或麵包給他。這個要求一點也不突然，夫人經常要我跑腿做善事，所以我知道她一定會願意的。

啟程之前，我站到一旁等待主人道別，他擁抱並親吻夫人，然後彎身親吻他的女兒。沒想到，穿著小裙子的巴吉姐竟跑向我，抱住我的膝蓋哭道：「小胡安別走！別離開巴吉姐！」任大家怎麼安慰都沒用。在我的一生當中，從來沒有誰因為我的離開而哭泣。這一次離別所帶給我的深刻感受，我一生都無法忘懷。

第一次出海航行的記憶，我已經記得不太清楚了，只記得碼頭讓我想起了曾一輩子在這裡工作、度過無數時光的老主人，因而感到十分難過。搭上小船之後，我便忙著安頓主人的行李，在小小的艙房裡盡力幫他鋪一張舒服的床。夜裡，我們順流而行。

起初一切都很順利，然而，當小船出海之後，我便被主人的呻吟聲吵醒了。骯髒的小船在水上非常顛簸，他暈船暈得七葷八素，但也只有等船駛進馬拉加或其他小港口時，我們才能夠稍微喘息。

最後，我們抵達巴塞隆納，搭上伯爵的豪華大帆船。主人慘白著臉，顯然十分害怕。除了一點酒和乾麵包之外，他還是吃不下任何東西。不過，相比小船那種可怕的搖晃，這次的航行舒服很多，我們算是安然度過了。當帆船一抵達熱那亞，我們都還沒找客棧下榻，主人就先拉著我衝進一座教堂謝恩。從此以後，我想主人大概永遠會覺得大海是惡魔。

我們找到一間簡樸、乾淨的客棧，主人清楚的告訴我，在義大利旅行期間，我必須跟他在同個房間打地鋪，因為他不希望我離他太遠。這讓我十分高興，因為這樣我就能睡在舒適的房間裡，也不必擔心會寂寞。我與主人已經十分熟悉彼此的性格，就算待在同一個空間，好幾個小時都不說話，也不會因此覺得孤單或難過。

由於主人習慣吃肉和麵包，義大利人卻偏愛重口味的麵條，我經常跑到客棧的廚房為他準備食物。主人漸漸恢復元氣，開始能參觀畫廊，到商店和人討價還價；我總是陪在他身邊，身上帶著他的素描本，腰間的小布包中則裝著零錢。

我們造訪的義大利城市似乎比西班牙更髒亂。義大利人講話很大聲，而且到處都有扒手。我經常被推來擠去，不過，我的錢包裡頭，除了用紙包妥的炭筆和擦炭筆的破布外，根本沒有其他東西可以偷。他們發現之後，便會低聲咒罵我，並用深色的眼睛瞪我。雖然義大利人通常長得很俊美，但我還是不喜歡他們。一開始，我以為是因為聽不懂他們說的語言，但後來當我稍微理解義大利文後，也還是不喜歡他們。不過，我必須承認他們真的是藝術家。隨著我跟主人拜訪的大畫廊與大畫家愈來愈多，我對他們愈來愈感到敬畏。義大利是一個真正的藝術之國，我甚至可以為了它的藝術造詣，原諒它的髒亂、不友善及其他所有問題。

接著，我們乘上安排好的馬車，前往羅馬。這趟旅程路途遙遠，雖然因為主人不喜歡多話的人，我從不主動和他聊天，但是由於我們是車上唯二說西班牙語的旅客，主人也時常鼓勵我說說對沿途風景的想法。

「這裡的陽光與西班牙的不同。」主人說。我們緩慢的經過長滿金穗的田野，田間點綴著小藍花與紅罌粟。「這裡的光似乎比較輕透、柔和，像火光一樣；西班牙的陽光則明亮刺眼，陽光下的影子也更深沉、更有戲劇張力。這邊的影子比較淡，物體的輪廓也顯得比較柔和。」

我大膽問道：「主人，您也在這裡的畫作中，看到了光線的差異嗎？」

「是的。」

「您到了羅馬，也會像在熱那亞和佛羅倫斯那樣，臨摹別人的作品嗎？」

「當然了，我會畫一些米開朗基羅、拉斐爾和丁托列托的作品。」

「您為什麼要臨摹別人的畫呢？」

「喔，是國王命令我要畫的。而且，我可以因此學到義大利畫家的技巧，彷彿我正穿越時間，向過去的偉大藝術家學習一樣。我模仿他們的顏色、光影、質感，彷彿大師就在現場，在我身後指引我、教導我。」

我默默不語。因為在這段旅途中，我一直在抵抗一股巨大的誘惑：我努力告訴自己不可以去買畫布、顏料，就算是在沒有人認識我的國家，也不可以偷偷嘗試作畫。現在，魔鬼祭出更加難以抗拒的誘惑——原來透過模仿，就能學會作畫！那我何不也跟著透過模仿學習畫畫？主人一忙起來，就不會有空注意我，我會有很多時間，也有的是機會。

我能從哪裡得到買畫材的錢呢？主人時不時會給我錢幣，但那些錢太少了，沒辦法買這些東西。所以我決定賣掉我的耳環——母親留給我的唯一遺物，也是代表我們之間連繫的耳環。你就可以知道，我多麼渴望擁有畫筆和顏料了。然後，當我們在羅馬安頓下來，主人開始日日拜訪畫廊，忙於他的仿畫工作後，我的第一個機會出現了。我跑到其他畫廊，拿出畫布和炭筆，開始嘗試畫下我喜歡的作品。畫畫並不容易，我一再用袖子擦掉畫好的線條，不斷重頭畫。最後，我的畫布上終於出現了比例正確的花瓶和地磚。

我知道這麼做是不對的，繼續這麼做也是不對的，但我既無法抗拒這罪惡又愉悅的感覺，也不明白心中的矛盾。我覺得良心不安，但我也為自己的小小反抗而沾沾自喜，我甚至會趁主人晚上睡著時，偷偷挖幾小坨調色盤上的顏料。我心中的罪惡感像雪球越滾越大。

等我們到了那不勒斯後，我甚至有更多機會練習作畫。主人每次為那位高傲的公主畫肖像時，公主都不許我待在畫室裡面。因此，那些日子裡，當主人在高塔聳立、門閘厚重的雄偉堡壘中，為公主勤奮作畫時，我也畫了無數的素描。我很快就意識到，必須先能掌握東西的輪廓、勾勒出它們的形狀和在空間中的相對位置，才能再進一步學習用顏料上色。我每畫完一張素描，就燒掉我的畫。我看到自己的不足與笨拙，心情愈來愈沮喪，變得鬱鬱不樂。主人偶爾會用他銳利的眼光瞪著我，有一次甚至還罵我。

「小胡安，我遠離家鄉，已經很寂寞了，如果你再擺出這麼陰沉的表情，我就把你趕走，否則我的心情都要被你影響了。」

我害怕到哭出來，主人一看見，便揮揮手，猛翻白眼。「好啦，好啦，臭小子！我保證不趕你走！你也別再露出那副可怕的表情了。至少讓我看看你可愛燦爛的笑容，讓我一整天開開心心的！」

聽到主人這麼說，我心情就好了。我從來不知道主人需要我的笑容，或是需要我的任何東西，我以為他只需要我伺候他。知道主人的平靜與好心情與我息息相關，讓我心裡暖暖的。有好一段時間，我甚至因此不再偷偷作畫。

我已經不太記得那段遠離西班牙的漫長日子，我對於大部分的義大利城鎮的記憶都混在一起，難以分別——它們都很美麗，擁有堅實雄偉的建築與俊美的人民，而且一切都沐浴在金光之中。儘管如此，它們對我來說依舊很陌生，如同夢中所見的事物，無法烙印在有意識的記憶裡。不過，威尼斯這個沿海水運河而建的城市則別出一格，不但整天都伴隨著潮起潮落，還自帶一種富麗堂皇的、彷彿來自東方的奇特光芒。威尼斯的冬天出乎我們意料之外的寒冷，主人為我們訂製了溫暖的羊毛斗篷，可是他被那些義大利裁縫師弄得很不愉快。他們不斷勸主人訂製一套金色及寶紅色的錦鍛套裝，弄得主人十分心煩。他除了嚴肅的黑衣從不穿別的，所以他想到就怕。接著，他們又極力巴結，拿來一塊極美的藍色絲綢披在他身上，希望說服他用這塊布來做斗篷的內襯，並在衣襬加上金色流蘇，這樣把斗篷往肩後甩時，就能顯得比較有分量。裁縫師們不斷對主人擠眉弄眼、喋喋不休，送上奉承的微笑。他們的奉承不是沒有道理的，因為即使身在俊男美女隨處可見的義大利，主人仍然十分出眾。他雖然不高，但身形修長削瘦，體態精實，有西班牙人纖細漂亮的手腳；他面色白皙，黑髮厚實蓬亂，五官稜角分明。雖說他的眼睛沒有義大利人大，但卻透露著自在、敏銳而淩厲的鋒芒。不知道為什麼，比起喜怒哀樂全掛在臉上的義大利人，我更喜歡主人威嚴而若有所思的眼神，和他內斂沉穩的氣質。

我在義大利看到了不少黑人，有些是奴隸，有些是自由人，不過都相當浮誇、傲慢。他們鄙視我這身樸素的黑衣，還看不起沉默寡言、冷靜低調的主人，我一點都不喜歡他們。

當我們終於到熱那亞，準備搭船回去西班牙時，我感到十分雀躍。我們已經做好暈船的準備，但這次運氣不錯，海上的情況沒那麼糟糕，主人不像之前暈得那麼厲害。他只是臉色蒼白、愁容滿面的躺在他的小床上，直到船隻停靠塞維亞的碼頭後，才肯吃東西。我們還沒把箱子和地毯搬下船，他便已經衝到餐廳區，點了一份有炒蛋和香腸的豐盛早餐，狼吞虎嚥的一掃而光。

「小胡安，別告訴夫人。」他自顧自的笑著對我說，「等一下我們回家，我會假裝成平時的小鳥胃，吃她準備的東西，但現在我實在等不了了，從熱那亞出發之後，我一路都餓著肚子。」

他心滿意足的拍拍肚子，拎起捆好的畫布和調色盤。我扛起地毯，其他的行李則安排隨後送達。接著，我們主僕二人便穿過塞維亞的街道，走到帕切科老爺家。

我們抵達後，屋子裡一陣叫喊、親吻、擁抱。巴吉妲拉著我的手不肯放開，乖乖也跑過來，在我的腳踝間鑽來鑽去。

「我的寶貝依娜西亞呢？」我聽到主人問。

夫人倒入他懷中，難過的哭了起來。

「狄亞哥，我不知道該如何開口……當時你在海上……一個月前……然後……」

主人一語不發、面無表情的站著，眼睛緊盯夫人的臉。夫人不停流淚。

「她……我們的寶貝……我們的孩子……死了！」她哭著說。

主人緊緊抱著夫人，拍著她顫抖的肩膀，沒有人說話。主人的臉看起來很茫然，像是一個聾人拚命想要聽見、捕捉他無法理解的字詞。

巴吉妲小小的聲音響起，「小胡安，我生病了，妹妹也生病了，可是她沒有好起來，她現在到天堂去了。」

我把她扛到肩上，巴吉妲向來很輕，我真希望能和從前一樣，有另一個小女孩平衡我另一邊的肩膀。

我們默默走進屋裡。這場原本應該歡天喜地的重逢，全被死亡的陰影和沉重的心情籠罩。

主人再也不想離開了。他非常傷心，每天都去看那小小的墳；我也得知了一件傷心事：一向對我很好的伊西德修士，也被天主帶走了。

然後有一天，國王派來了信差，下令要我們回皇宮。我們別無選擇，只好打包行李，準備啟程向北。

離開塞維亞的時候，天空正下著雨。

8 一朵小紅花

歲月流轉，主人為皇宮裡的許多人都畫了肖像，大部分是國王和皇族，而其次最常畫的，便是權傾一時的宰相奧雷瓦公爵。若不是他對主人很好，總是向所有人大力稱讚主人的作品，有時甚至在皇家晚宴上也大加宣揚，我一定會因為他的大嗓門和粗魯言行，討厭他這種過度臃腫和精力無窮的人。

我常以僕人的身分心想，主人雖然沒有貴族的頭銜，卻比那個說話氣喘吁吁、愛喝酒，集權位和尊榮於一身的公爵，更像一位紳士。主人總是溫文有禮，高貴儒雅，是位完美的騎士。

我很確定主人與國王之間，已經漸漸培養出深厚的情誼，但是主人對於可怕嚇人的公爵，卻是戒慎而有所保留的。

國王是個木訥的人，話也不多，這多少與他患有嚴重的口吃有關。國王遺傳了哈布斯堡家族碩大而突出的下巴，除此之外，身上也有著哈布斯堡家族其他的特徵：又圓又高的額頭、金色的頭髮，以及碧藍的眼睛。由於下巴結構的關係，國王的牙齒長得很不整齊，說話時還會發出奇怪的嘶嘶聲，彷彿所有字都混在一起。他生性害羞，而且在宮廷生活多年，他一定知道自己不能輕易相信任何人。時間一年又一年的過去，我能感受到隨著一張張肖像畫的誕生，國王對於主人的信賴也一點一滴的增加。畫像中有穿黑色天鵝絨的國王、穿儀典禮服的國王、穿銀繡紋短背心和褲子的國王、穿獵裝的國王與一旁他心愛的獵犬和獵槍。

主人為國王畫肖像時，我都在畫室裡頭。國王把我當成安靜的黑影，對我的關注，比對他的愛犬還少。陛下休息的空檔常坐下來，把愛犬叫到腿上，然後拉著牠毛絨絨的耳朵，搔弄牠的下巴，他的愛犬則用水汪汪、充滿愛慕的眼睛望著他的主人。我想即便是備受尊榮與伺候的國王，也不常享有如此深情的凝視。

國王的話不多，可是比較起來，主人可說是有過之而無不及。主人從不主動與人談話，也不輕易做出評論。他曾告訴我，世界上已經太多根本不該說出來的蠢話了。有一次，我正在研磨顏料，畫室裡只有我們兩個人，主人跟我說，他倚賴那些雙眼所見、觸動他靈魂的事物而活，再透過作畫回應所看見的世界，而不是像其他人，接收別人口中的話語，再以開口說話的方式回應。

「作畫便是我和世界溝通的語言。」有一次，主人這麼對國王說。國王想了一想，表示贊同。

「那麼，」沉默一陣子之後，國王問了一個令人難過的問題，「那麼，狄亞哥先生，我的語言又是什麼呢？」

「天主創造陛下，不是為了讓您和世界對話，而是要您懷抱著慈悲與愛，聆聽祂的子民。」主人答道。國王很喜歡這番話，開心的點點頭。

隨著年月遞增，主人與國王之間逐漸培養出一份沉默的友誼，且日漸深厚。我對人們之間的各種情感十分敏銳，我知道國王愈來愈信任主人，主人對陛下也有一份特殊的赤誠，幾乎是溫柔的在保護著他；當然了，國王對主人一家，也是非常的照顧。

主人為瑪莉亞公主、瑪格麗特公主、巴爾塔沙王子和菲利浦王子，格外仔細、溫柔的繪製肖像畫。可憐的小菲利浦・波斯佩洛體弱多病，經常嚎啕大哭，不過當他坐在主人的畫室裡，讓主人為他作畫時，小王子卻從來沒有哭過。他總是眨著水汪汪的眼睛，舉止十分活潑乖巧。令人難過的是，小王子還來不及過四歲生日，天主便帶走了他，讓他加入天使的行列。

五年後，學徒克里斯多博和阿瓦羅離開了我們，但主人身邊還是有其他學徒跟著。他們能幫忙畫大片的天空或布塊，減輕主人的負擔。各大教堂的委託不斷，常常讓主人忙不過來，他也因此經常要求學徒臨摹他的宗教畫。

儘管學徒來來去去，主人卻總是盡心盡力的教導他們。他們沒學到的，我都學會了。那幾年，我經常練習素描，而且也開始嘗試油畫，模仿主人上色的方法，先用深色顏料打底，然後一層一層塗上亮色，為陰影添加更豐富的細節。

十四年後，有位年輕人在奧雷瓦公爵的大力推薦下，前來拜訪主人。他自幼學習繪畫，希望能在「西班牙最偉大的畫家」身邊當學徒。這位年約二十的年輕人，名叫胡安・包提塔・戴馬佐，他長相英俊，穿著有點虛榮的暖色調絲綢。他的頭髮在額上梳理成許多小捲，就像希臘雕像上見到的一樣。

巴吉妲日漸長大，我看著她逐漸蛻變，成為一位亭亭玉立的年輕女子。包提塔加入我們的第一天，巴吉妲擺弄著她的裙子來到畫室，一如往常的向她父親撒嬌。我看見我們新來的年輕人瞥了巴吉妲一眼，臉上突然失去血色，彷彿心跳瞬間靜止，血液都停止流動了。我想，這就是所謂的一見鍾情吧？我嘗試以包提塔的眼光望向巴吉妲，發現一點都不難理解他的心情。巴吉妲芳華正盛，個子雖然嬌小，脖子與腰枝纖細玲瓏，體態卻豐潤、飽滿，如垂涎欲滴的葡萄一般。她穿著一件黑天鵝絨邊的金棕色柔軟洋裝，臉蛋在小小兜帽的襯托之下，顯得雙頰緋紅，深黑色眼眸也十分閃亮動人。她恰巧要跟母親外出，便先來跟父親撒嬌，多討些零用錢買飾品。我在巴吉妲垂下長長的黑色睫毛前，看見了她和包提塔之間，那一閃而過的隱形火苗。

「你們要去哪裡？」主人正忙著畫圖，頭也不抬的問。

「去買些東西，然後去看看安格蒂雅絲。」

安格蒂雅絲是宮中一位女官的女兒，跟巴吉妲十分要好，她們喜歡到彼此家裡作客，聊衣服與其他女孩子的事情，總是聊得咯咯笑。

「讓小胡安陪你們去，我不喜歡你們出門時，身邊沒有男人保護。」

主人常派我陪巴吉妲或她母親出門，她們也喜歡我的陪伴。巴吉妲非常疼愛各種各樣的小動物，我送她的「第一隻乖乖」已經由後來好幾隻貓咪接替了；有些乖乖成為了天使，有些則因貓獨立的天性，悄悄離開巴吉妲。現在這隻乖乖，是一隻橘色鼻子的虎斑貓，玩耍的時候很粗暴，不像波斯白貓那般溫柔。虎斑貓的個頭大，性情凶猛，跟巴吉妲撒嬌時常用兩個大腳掌巴住她的手，假裝咬她，然後又立刻用粗舌舔巴吉妲，情真意切的發出呼嚕聲。巴吉妲的手上常常出現抓痕與咬痕，但她知道乖乖的性子，也非常疼愛牠。

除此之外，對於花草植物，巴吉妲也是喜愛有加，經常停下手邊的事情，就為了摸一摸它們，跟它們說話，彷彿它們是活的，各自有獨特的性格一樣。有些皇宮裡的廚師會把他們的香草小盆栽交給巴吉妲，請她向盆栽說說話、給予祝福，廚師們說，所有生命都會因為巴吉妲成長茁壯。

記得那天拜訪完安格蒂雅絲後，我們來到花市，巴吉妲堅持要買小盆栽。時值冷冬，能買的植物不多，只有一盆盆栽還開著小紅花。

「啊，雖然天氣這麼冷，勇敢的小傢伙還開著花呢！我非買不可！」她輕聲低吟，然後彎下腰對植物呵氣。花販原本想抬價，但巴吉妲的熱情與可愛融化了她，最後我們只花了幾枚銅板便買下了盆栽。而在我們往後的生活裡，小紅花將扮演一個非常重要的角色。

幾天後，包提塔趁著主人離開畫室的片刻，溜到我身邊，請我幫忙傳紙條給巴吉妲。

我趕忙搖頭拒絕他。我聽說過不少奴隸，因為牽扯進主人的家務事，而害自己丟失了性命。一個暴怒的父親，在情緒失控的狀態下，很可能腦袋不清，做出許多可怕的事情。而且我覺得，就算瞞得過主人，也瞞不過天生機警多疑的夫人。總之，我拒絕了包提塔，並小心翼翼的與他保持距離。我擔心他會打我，或是硬把紙條塞給我。如果他真的這麼做，我就必須想辦法銷毀紙條。我真的一點都不想跟戀愛的人有任何瓜葛。

然而，拒絕包提塔是一回事，拒絕巴吉妲又是另一回事。她知道我很疼愛她，無法狠下心拒絕她，所以當她在門後輕聲呼喚，要我悄悄過去時，我的心馬上重重一沉。她都還沒遞出小紙條，我就知道她想幹什麼了。

巴吉妲把紙摺成小小的八邊形，然後悄聲說：「把這個拿給包提塔，千萬別讓爸爸看到，我全靠你了，小胡安！」

我沉默的站著，對手裡的小紙片很是無奈。

「你可別自己胡思亂想！」她一邊生氣的大喊，一邊跺著小腳。「裡面什麼也沒寫，只有一朵小花而已。他看過我照顧我的盆栽，一定會明白那是什麼意思！」

聽到巴吉妲這麼說，我才稍微不那麼糾結。如果紙上沒寫字，就沒那麼危險了。總之，我在伺候大家晚飯時，偷偷把紙片留在包提塔的盤子上。他將紙片撥到自己袖子裡，技術熟練到我為我們家小姐感到不安。這個獻殷勤的傢伙似乎對這樣偷偷摸摸的事情相當熟悉。

我逐漸被攪進這對戀人的祕密關係，雖然起初我曾微弱的掙扎，如今卻已無法抽身，我因此十分煩惱且充滿罪惡感。但是就像許多一開始怯怯進行詭計的人，一旦起了頭，就必須繼續下去，我只好努力麻痺自己。

不久，兩人開始在偏僻的走廊上見面，我則必須在背後替巴吉妲把風，若看見有人走過來，就得給她打暗號。有時，他們兩個也會在國王幾乎不太去的畫廊裡幽會。

為了讓自己心安一些，我說服自己，包提塔真的很愛活潑迷人的巴吉妲。他變得魂不守舍，經常心不在焉的撥弄食物，難以專心畫畫，而且愈來愈削瘦、蒼白，跟詩歌中描述的「相思病」一模一樣。我猜，主人也注意到這位優秀學徒的種種變化了，但他什麼都沒說。

而巴吉妲呢？她則變得愈發愉快、容光煥發，也愈來愈調皮了。她母親不安的看著女兒的變化，當大家在餐桌齊聚時，主人也會若有所思的望著她。

「巴吉妲，」有一天，主人對她說：「你長大了，我們得開始幫你物色丈夫了！」

我看到巴吉妲驚訝的倒抽一口氣，露出了欣喜的神色，不過隨即又因為主人接下來的話黯淡下來：「我幫你畫幅肖像寄去葡萄牙，說不定我的某位遠房表親會有興趣。你若嫁到葡萄牙，我會很高興，因為我非常喜歡葡萄牙酒。」

主人冷靜的開始剝橘子的時候，包提塔卻不小心把湯匙掉在地上，在桌子底下找了好久；巴吉妲則不斷把同一個酒杯遞到唇邊，然後又放下來。

「明天九點鐘到畫室來，巴吉妲，穿那件棕色的洋裝，我們開始畫肖像。」

「是的，爸爸。」巴吉妲喃喃的說，她的眼睛雖然明亮，卻盈滿淚水。至於主人，我看到他黑鬍子底下的嘴角微微上揚，真好奇主人究竟知道多少，又打著什麼主意。

主人很快為巴吉妲畫了許多素描，然後要巴吉妲戴上手套和披肩，並在手裡拿著她的念珠與扇子。

主人當然不是整天，也不是每天都在畫巴吉妲的肖像。我很驚訝的發現，巴吉妲不在畫室的時間裡，竟然更加密切的與包提塔傳紙條、幽會。畫廊仍是他們的最愛，聰明的巴吉妲總是有辦法避開她母親，偷偷溜出去與戀人見面。真的無法幽會時，我便經常得為他們傳遞用手帕包著，或壓在祈禱書裡的小紅花。

肖像畫進行得很順利，唯一奇怪的是，主人遲遲不肯為肖像畫上臉龐。五官速寫好了，圓圓的額頭、大大的眼睛、小巧的鼻子，但不知為何，主人屢屢困惑的搖頭。他一直讓臉部空著，僅是繼續運用所有技法，描繪戴著手套的手、隔著棕色衣服的白皙肌膚和巴吉妲圓潤的身姿，甚至連羽毛般輕柔的頭髮都完成了，卻獨缺表現精神與性格的臉部。我仔細端詳擺好姿勢的巴吉妲，突然明白了他遲遲不肯下筆的原因。巴吉妲眼帶憂色，嘴角也因為恐懼而微微顫抖。主人嘆口氣，放下調色盤，讓巴吉妲離開，然後坐到窗邊，望著窗底下路過庭院的人們。

當我走去廚房清洗擦顏料的布塊時（布塊上的顏料變硬後，主人便不肯用了）巴吉妲將我攔住，在我手裡塞了一小張紙片。

「找個機會，」她悄聲對我說，「到小教堂，在玫瑰經禱念之前拿給他。」

她朝她母親的臥房快步離去，就在這時，主人出現在門口。

「小胡安，你手裡除了顏料布還有什麼？」他伸出手問我。主人一定聽見我們說話了，我迫不得已，只能羞愧的將小紙片交給他。主人一打開紙片，一朵小紅花便從裡面掉出來，落在地上。主人彎腰撿起小花，仔細看著，然後把花塞到自己的短背心裡。

他走回畫室，我正猶豫該不該跟過去時，主人喊我了，「小胡安！請過來一下。」

他站在窗邊，已經讀過紙片了。

「她把『小教堂』寫錯了，」他說：「幫我拿枝細筆刷來，沾一些紅色顏料。」

我依言照做，主人拿起筆糾正拼字，然後在一邊簽了一個大大的V字，表示他已讀過，然後才把紙片交還給我。

「送去給包提塔，」他指示我，「他一定等不及了。他們經常在那個畫廊幽會嗎？」

「是的，主人。但並不是單獨會面，」我匆匆補了一句，希望幫巴吉姐緩頰，「我都在一旁看著。」

「國王要我重新整理那間畫廊，」主人沉思道，「如果那裡老是沒人，那我也該去整理了。我們總不能讓宮裡所有戀人都跑去那裡幽會吧？對了，請再給我一下紙片，差點忘了裡頭的小紅花。」

他拿出短衣裡的紅花，但紅花已經枯萎了。主人攤開絲絨般的花瓣，仔細研究，然後走向他的調色盤，將紅筆刷沾進白色顏料中，直到調出跟小花一模一樣的顏色。接著，他看向紙片，快、狠、準，以四道細筆，把小花畫到紙上。

「沒有這個信物，我不能讓你送出紙片。」他喃喃說，「你拿去給包提塔，紙片要攤開，因為顏料還沒乾，不許把顏料弄糊了。我與人有約，但我會取消會面。也許我會到小教堂參加玫瑰經禱念，也許——只是也許——我會在禱念結束後，拜訪那個無人的畫廊。」

我不知道主人在打些什麼主意。總之，我去了小教堂，把小紙片交給包提塔，交出紙片時手還忍不住微微顫抖。包提塔一看到那大大的「V」字，立即明白主人表示同意了。站在一旁的巴吉姐深知父親的脾氣，看到那朵朱紅的小花，也高興得心花怒放。

讀玫瑰經時，我並未陪在他們身邊，因為主人派我去皇宮外跑腿。不過，那天晚上，家裡餐桌上洋溢著歡樂與歌唱。兩名年輕人的臉龐燦如星光，主人一如既往的平靜，夫人卻拿著手帕，又是哭泣又是擤鼻涕。今晚的甜點是夫人最愛的雪莉酒煮蛋，照慣例她都會吃兩碗以上，但那天，夫人將甜點推開，一口都不肯吃。主人則是靜靜啜飲葡萄牙波多的紅酒。

「我心愛的華娜，」主人說，「嫁給畫家有那麼糟糕嗎？」

夫人聽到這番話，哭得更大聲了，她撲到主人懷裡。

「我們就像是在天堂裡呀，我的狄亞哥！」

主人拍拍夫人的肩，輕輕吻著她的頭髮。

「那麼，我們讓巴吉妲也擁有自己的一小塊天堂吧。」主人一說完，便換巴吉妲哭了，她也撲向主人另一邊懷裡。

「這兩個女人都不讓我好好把酒喝完！」主人雖然抱怨著，臉上卻掛著笑，然後直直望著視包提塔的眼睛。年輕人跳起來，繞過桌子，緊抓住主人的手親吻。

第二天，巴吉妲的肖像畫完成了。主人一旦決定怎麼畫，速度便相當快。他的每一筆畫、每一點塗上去的顏料，都洋溢著年輕女孩的幸福與可愛，散發著她無憂無慮的快樂、單純與希望。主人在她腰帶的扣環下，畫了一朵小紅花，點亮了整幅畫，也完整了整幅構圖。

親愛的巴吉妲一直都待我很好，她是那麼的活潑、開朗、快樂，總是疼惜柔弱無助的小動物，熱愛天主創造的花草植物。巴吉妲邀請我以摯友的身分參加婚禮，分享她的喜悅。

如今她已在墓中安息多年，但那段歲月裡，我們過得非常快樂，回憶起那些往事，仍然讓我感到十分溫暖。

9 皇宮裡的新朋友

巴吉妲結婚後約一年，我陪同主人，跟著國王全家出遊西班牙北部。得知要遠行時，我簡直心急如焚，因為我不知道該把自己偷畫的大批油畫和素描藏到哪裡去，而我又不想把畫毀掉。我沒有信任的人可以託付，因為我畫畫本來就是違法的。

我愁眉苦臉的把主人的保暖衣物和畫材放進行李箱，最後，連主人都忍不住嫌我不對勁。忘了跟大家說明，平常我的性情開朗，經常一邊哼歌一邊工作。我年輕時有一副低沉渾厚的好嗓子，主人很喜歡聽我唱歌。

主人問我為什麼悶悶不樂，我決定透露部分事實。

「我有幾件寶貴的東西要留下來，」我告訴他，「可是我不知道要放去哪裡才安全。」

「就這點事？我幫你訂製一個帶鎖的箱子，你把東西擺進箱子，擱在我畫室裡就好了，畫室門口會有守衛守著。」

主人說到做到，他請那位幫我們做畫框和箱子的木匠，為我做了一口堅固的箱子，並在箱子上裝了銜鐵和鐵環，讓我能將鎖穿過去，用鑰匙鎖住。我一找到機會，就把所有貴重物品都放進去——幾張我覺得值得保存的油畫與素描、一條我喜歡戴的亮綠色手環、幾條我在義大利購買的鮮豔條紋圍巾、一小瓶茉莉與玫瑰調製成的香水（我陪同主人參加晚宴，伺候他或是站在他椅子後面時，會抹一些在頭髮和雙手上），還有一些女性飾品。這些飾品是我在義大利的時候，用主人給的銅板買的，或許有一天，我能送給我的妻子。儘管主人從未提過要讓我娶妻，而且我也還沒忘記我的初戀梅莉，後來我沒有再愛上其他女孩。

我一點都不喜歡這趟西班牙狩獵之旅。國王酷愛狩獵，我們以前也曾陪同國王出遠門打獵過，出發前我就知道，隊伍一定天天都會帶回被獵殺的鹿、雉雞和野兔。一想到這裡，我就十分難受。直到現在，我都不忍心傷害任何動物，就連老鼠也一樣，皇宮裡的廚師都熟悉我的個性，不會要我去殺那些在廚房裡奔竄的小動物，因為我怎麼樣都下不了手。有一次，我在乾穀袋裡發現五隻剛出生的粉紅色小幼鼠，還試著用溫牛奶和清水餵哺牠們，可惜最後沒能成功，只好埋葬這些幼嫩的屍體。我一點都不想面對接下來幾天會發生的事：棍棒重擊聲、咻咻的槍聲、野兔的嚎叫、血淋淋的羽毛、受傷的鹿……光是想到這些就讓我頭皮發麻。

但主人要我陪他，我沒得選擇。我甚至無法裝病，因為我從沒生過病。

主人不打獵，所以我沒看過主人用纖細的雙手拿獵槍的樣子，不過，他想捕捉一些國王穿著獵裝衝入森林的畫面。因此我研磨了主人可能會用到的色粉，包含大地色系、綠色與紅褐色的顏料。

雖然國王真誠的提議能為夫人準備一頂舒適的帳篷，可是夫人仍不願同行。嬌弱的巴吉妲快要生第一胎了，夫人說什麼也不肯離開她。

當國王騎著他壯碩的駿馬呼嘯而過時，主人則在樹蔭下靜靜等候。我呢？儘管萬般不願意，我仍強忍著待在主人身邊，履行我的義務，幫主人遞上速寫所需的顏料和畫筆，並把皇族狩獵回來、早已四肢僵硬且鮮血淋漓的動物屍體，擺成各種構圖，讓主人速寫。

畫到一半時，主人突然向我投以銳利的眼光，因為他發現我一邊哭，一邊在移動一頭口鼻依然流著血的鹿，還有一隻柔軟的野兔，牠長長的耳朵上布滿細微蔓生的微血管，彷彿血液仍在流動。

「你這麼討厭狩獵啊？」主人不解的問。

「這些動物的生命是天主賜予的，看到牠們的生命被如此殘暴的剝奪，我真的好難過。」

「可是小胡安，你在餐桌上也會吃肉啊。」

「我知道，我覺得很慚愧，但我還是吃了。」

「你心腸真軟，」主人尋思說，「你父母一定是很善良的人。」

「我的母親非常慈愛，也非常溫柔。」

「是啊，我聽我姑姑說過。」

不過，我對主人忠心耿耿，不會因為他對獵物的死無動於衷，便覺得他是冷酷無情的人。

「主人，您也很善良，而且是最仁慈的。」我熱切的表示說，「即使您在畫這些動物時，沒帶什麼感情。」

「喔，我是帶著感情的，非常強烈的感情。」他一邊對我說，一邊瞪大眼睛，望著鹿兒喉頭的傷口，「但我的感情是抽離的，跟一縷幽魂或一位天使的感情一樣，不屬於這個人間。」

畫家大概都是這樣吧，他們把自己訓練成這樣。畫家必須表達所見事物的本質，而非恣意加油添醋。畫家不該放入太多個人情感，否則他畫圖的手會發抖，而且他會忍不住想用布幕，遮蓋任何痛苦或醜陋的事物。」

我很喜歡主人這樣跟我談天，便怯怯的起了個頭：「在義大利時，我聽到畫家們在畫廊裡聊天，他們說，所有不美的東西都應該去除或隱藏起來。」

「我比他們謙遜，」主人回答，「因為我並不想改良天主創造的東西，只想滿懷敬意的展現祂所造之物。」

有一天，國王拿著獵槍經過，後邊跟著他的獵犬。我突然開口說：「科索看起來很難受，牠生病了嗎？」

我是不可以跟國王說話的，所以國王假裝沒有聽見。主人將我的話重述一遍，並補充道：「陛下，我覺得您的獵犬看起來垂頭喪氣的，牠最近是不是胃口比較差？」

「恐怕是的。」國王擔心的回答，他停下來，彎腰拍拍狗兒的頭。「用早膳時，我餵了牠一點零嘴，結果牠只含在嘴裡，然後就把東西吐掉了。」

「我這位僕人胡安很擅長醫治家畜。」主人說：「陛下若下令，我便讓他幫忙醫治科索。」

國王定定站著，慢慢思忖。他向來如此，他是最謹慎、最仔細的君王。接著，他若有所思的用淡藍的眼眸看著我。

「我願意讓你的奴隸試試看。」國王終於開口。接著，國王示意要我過去，替這隻獵犬做檢查。

我平時會幫忙醫治夫人的小狗，牠們老是被餵食太多肉塊和麵包，那對牠們來說太油膩了，動物生來就該在田野裡自由的奔跑，吃牠們真正需要的莖葉和莓果。

「我得扳開它的嘴。」我對主人說，主人重述一遍。聰明的獵犬只聽從國王的命令，國王於是下令道：「科索，靜靜站好。」

我摸著狗兒的頭，本該柔滑的頭部，摸起來卻十分乾燥、粗糙。狗兒狐疑的看著我，睜著一對圓圓黑黑的大眼睛。我輕輕扳開牠的嘴，低下頭聞聞牠的口腔，一股強烈的金屬臭味撲鼻而來，這讓我很困惑，因為科索的運動量很大，而且在國王的營地附近，牠應該也會攝取狗兒天生會吃的野草，幫助自己消化排便。

科索的口腔氣味怪異，本該潔白的牙齒上也長了一層薄膜，這些都讓我懷疑科索不僅僅是「胃口不好」這麼單純。我小心翼翼的觸摸科索的身體，直到科索突然吃痛的叫出聲來，顫抖的倚到國王腿邊。國王輕拍科索，試圖安撫他。

「我想，這頭獵犬的肝臟有些問題。」我告訴主人，「裡頭可能有寄生蟲。」

國王下令把科索交給我，由我負責照顧和治療。我真是誠惶誠恐，因為萬一失敗，獵犬死了，國王陛下說不定會遷怒於我。幸好天主保佑，我在附近的野地裡找到了能強烈刺激牠肝臟的草藥。煎成湯，讓科索喝下去兩天之後，科索把寄生蟲排了出來，然後很快便恢復元氣。牠開始四處活蹦亂跳，再次狼吞虎嚥的吃掉所有餵給牠的食物。大約一週後，我把生龍活虎的科索送回國王的獵營。就算我只是卑微的奴隸，科索還是在我和國王之間熱烈的跑來跑去，用牠可愛的腦袋輕碰我們，給我們熱情的狗狗親吻。我看見國王陛下露出罕見的溫暖笑容。

「謝謝你。」陛下只簡短的說，然後遞給我一個裝滿金幣的天鵝絨袋子。

理所當然，這些金幣是屬於主人的，因為奴隸不被允許擁有財產。主人非常以我為榮，卻不願意收下這筆錢。

「我不能收。把金幣收到你那個堅固的箱子裡。」他跟我說：「給你自己買些東西，也許買個紫水晶戒指什麼的。」

主人喜歡觀察珠寶，常常在各種光線下研究它們，雖然他自己從不穿金戴銀。在他眼裡，沒有什麼是太美麗或太醜陋的。主人不在意打扮，也從不配戴飾品。

狩獵之旅結束後，我們回到皇宮，主人的興趣開始轉移到身材粗壯短小的弄臣身上。這些可憐人是國王養來娛樂皇族和朝臣的。幾位機智的老演員經常穿戴不同戲服，用不同角色演戲，講笑話娛樂宮廷。主人會請他們幫忙扮演畫作裡的歷史或神話人物，這些演員也總是很敬業的擺出指定的姿勢和生動的表情。

除此之外，宮廷裡總是有幾位侏儒和一兩位輕微智能障礙的人士，他們從不停歇的笑聲似乎總能逗樂國王陛下。所有的弄臣都被照顧得很周到，國王提供他們豐富的物資、溫暖的衣服和豐盛的食物。他讓宮廷裁縫師幫侏儒們製作特殊的套裝，也讓宮廷鞋匠特別製作做適合他們畸形小腳的靴子。

主人畫過所有的宮廷弄臣，我也變得對他們瞭若指掌。有個傻男孩叫「布布」，連話都說不清楚，無時無刻都在呵呵笑，但是這可憐的孩子心地非常善良，宮裡每個人都待他很好。大家都說，布布是最天真無邪的，小王子巴爾塔沙．卡洛斯也很喜歡讓布布抱著，總是滿心信賴的黏著他。

除了布布，主人也畫過侏儒男孩偉勒卡斯，這位侏儒總是陪著小王子。雖然他已經成年了，個頭卻不比三歲的小王子高。侏儒男孩偉勒卡斯的本名叫做法朗西柯．拉茲崁諾，由於國王不斷在尋找這種矮人，他在鄉村中被人發掘後就被送入宮裡。偉勒卡斯的身體嚴重畸型、扭曲，經常受疼痛折磨。我總是幫他按摩，試圖減緩他的疼痛，放鬆他緊繃扭曲的雙腿和駝背。他不是很聰明（我猜是病痛讓他沒有多餘的心力學習），但我們成了好朋友，他在宮裡生活了七、八年之後才離開人世。

「咱們是兄弟。」他常用成年男子一般低沉而奇怪的嗓音對我說，「你跟我，我們生來就因為各自的理由成為奴隸。你天生強壯、健康，卻是個黑人；而我從生下來就是這副德性——一個被困在畸型小孩軀體裡的男人。小胡安，天主為什麼要這樣對我們？」

「也許祂是想讓我們懂得謙卑吧。記得嗎？天父說過，祂也曾經遭世人唾棄，而且祂還說『凡自視為高的，必降於卑，自視以卑的，必升於高。』」

「講話小心點，你這樣說可能會被視為叛國，因為咱們國王才是最至高無上的。」

「他雖貴為國王，卻很溫和，他會在走廊上與我說話，有時還會和藹的摸摸我的頭。」

「可憐的小胡安，你真的很容易滿足。」

「不是的，只是我有罪在身，所以盡量不去反抗我與生俱來的命運與身分。」

接著——現在想想，我都覺得不可思議，大概是我的祕密啃蝕我的良心太久，我非跟別人說不可吧——我把自己對藝術的熱愛，和對繪畫的渴望，告訴了侏儒男孩偉勒卡斯。他靜靜聽我傾訴，並以極度同情的眼神望著我，對我微笑。最後，他用自己扭曲、短小的手掌，拍拍我的頭。儘管他什麼都沒說，只是拍拍我的頭，我仍然感受到了撫慰。

在主人的畫像裡，侏儒男孩偉勒卡斯永遠歡笑，但在那一派輕鬆的表情背後，卻諷刺的暗示著侏儒悲劇般的人生。

宮裡還有其他侏儒，有一位是身高不及一百公分的鬍鬚男，他有張冷硬、狡猾、逞凶鬥狠的戰士臉；另一位侏儒則生得溫和淨白，負責整理宰相辦公室的書籍，而他大概是所有侏儒中最可憐的一位。他的身形矮小、瘦弱，那雙翻動厚重大書的手，只跟小王子的手差不多大。然而，他卻有副智者的臉龐，那對深邃悲傷的眼睛，看起來絕頂聰明。眾人稱他狄亞哥・戴亞契多，但國王有時會開玩笑的稱他為「表親」。我總是猜想是因為他們兩個人都面色蒼白，也都擁有一對悲傷的眼睛嗎？還是因為他們都喜愛書籍與雕像？或者可憐的狄亞哥真的是國王的親戚？貴族不可能以畸形的孩子為榮，他們往往用各種方法把這些孩子藏起來，或是偷偷送到窮苦人家，很多窮苦人家樂於照養這些沒人要的孩子，因為他們能為此得到許多金幣。直到後來，我也都無從得知國王稱狄亞哥・戴亞契多為「表親」的真正原因，可我知道的是，我一定會帶著其他許多盤據心頭的疑惑，直到死去為止。

有好一陣子，我很不願意看到主人如此詳實的描繪這些畸型的可憐人，他總是很執著於畫出眼前所見的真實。主人跟我解釋過很多次，但我仍然覺得那麼做很冷血，甚至很殘酷。然而，多年之後，當我再次靜靜看著那些肖像畫時，我才看見主人當時的用心，也才看見他們畸型樣貌之外的光華。主人在一幅幅肖像畫中，畫出了一個個被身體囚禁的靈魂。

10 向朋友告解

學徒們來來去去，儘管主人從不主動收學徒，卻往往受一些父親、朝臣或是朋友的請託，勉為其難的收下新徒弟。

巴吉妲婚後那幾年，畫室變成了一個安靜，甚至陰鬱的地方，因為主人有兩三年的時間，半個學徒都沒收。那些他不得不收下的徒弟，都被送往巴吉妲的丈夫包提塔的畫室。徒弟學藝都會支付學費，臨摹老師的畫作也會拿去賣錢，主人認為，這些對於年輕的女婿來說都是一點補貼。而且，巴吉妲剛生完孩子，身邊若有年輕人幫忙她、陪伴她，也是件好事。巴吉妲的生產過程並不順利，產後她的身體也一直很虛弱，動不動就哭，心情經常很沮喪。

有一天，一名年輕人騎著馱滿重物的騾子，前來拜訪我們。他穿著簡單的白襯衫和及膝毛褲，腳上是廉價的布鞋，鞋帶纏至腳踝。騾背上則緊緊綁著一綑衣物、一條毯子、一把吉他和繪畫的用具。

「哈囉！」他對著二樓窗口大喊，「我是來拜訪委拉斯奎茲大師的！」

我連忙下樓詢問他的來意。等我到院子的時候，他早已動手在幫騾子卸下行李，甚至還輕快的哼起歌來了。我停下腳步，聽著他快樂的歌聲，突然感到好幸福；我也突然意識到巴吉妲搬出去之後，家裡變得多麼悲傷和寂靜，夫人大半時間也都在女兒家裡，努力照顧她，哄她開心。

「我是胡安・德・帕瑞哈，是大師的僕人。」我告訴他，「你先別急著卸行李，我們必須先確定你能否留下來。」

「喔，我一定能留下來！」年輕人自信滿滿的大聲說道：「我有一封來自塞維亞的信，是大師的老朋友親筆寫的。再說了，就算我不能留下，你也得讓我的騾子休息一下吧。可憐的老洛塔！」他拍拍垂頭喪氣的騾子，「牠走了大老遠的路，已經累壞了！」

我無法拒絕這份對動物的體貼，這向來是我最容易心軟的地方。

「我去問問主人能否出來見你。」我告訴他，「請問您叫什麼名字？」

「我是來自塞維亞的貝托洛梅・埃斯提班・穆里羅，我非當他的學徒不可，因為他是有史以來最厲害的畫家！」

這個人矮胖敦實，有張黑呼呼的圓臉，其貌不揚，但臉上深邃的棕色眼眸飽滿生動，散發著溫柔而幽默的光芒。他深栗色的長捲髮被秋風吹得十分凌亂（我想他並不是刻意想留長髮，只是沒錢修剪罷了），沾滿風塵的襯衫領口大大敞開，脖子上掛著一條黑色皮繩，皮繩末端的耶穌像恰好落在胸口。

「請帶路吧，帕瑞哈先生，」他說，「我已經迫不及待要見千古來最偉大的畫家了！」

我這輩子從沒被叫過「帕瑞哈先生」，因為稱呼奴隸是不會用「先生」的，這位年輕人有些無知。不過，也可能是他太期待跟主人見面，所以沒注意自己說了什麼。我沒有糾正他，反正，他很快就會知道大家都叫我小胡安。

「如果你帶著推薦信，主人應該會立刻見你。」我告訴他，「來吧。」

年輕人拍拍自己鼓起的袋子，確保他的信件都還在身上，然後輕快的跟了上來。但走沒幾步，他又轉過身說：「能不能先給我的騾子一點水？可憐的老洛塔，牠快渴死了。」

我親自去打了一桶水，一邊打水，我一邊開始思考這位來自塞維亞的穆里羅先生的事。我暗自希望主人能收下這位單純的年輕人，因為我很喜歡他。

老洛塔把口鼻泡到水桶裡狂飲，又狼吞虎嚥的吃光我給牠的飼料。接著，穆里羅把牠牽到陰涼處，為牠蓋上輕薄的毯子，等一切安排妥當，他才轉身準備跟我前往主人的畫室。

那天，主人正好在實驗一幅新作品。他忙著到處擺放鏡子，反覆折射，並檢查每個模特兒的姿勢，然後又回到畫架邊觀察不同的人像比例，畫幾條線，又覺得不太滿意。我們來到門口時，他正拿著乾淨的白布擦掉一些炭筆線。

穆里羅一看見主人，馬上衝向前去，單膝跪地，抓住主人還拿著白布的手，貼到自己唇上。

「在下是貝托洛梅・埃斯提班・穆里羅。」他自我介紹說，激動得眼眶泛淚。主人面無表情看著跪在地上的年輕人，我一點都猜不透他心裡在想什麼。

「你臉上有炭灰，」主人說，「起來吧，年輕人，只有對國王才需要跪下來親吻他的手。你來這裡有什麼事嗎？」

穆里羅默默起身，從袋中掏出兩封信，交給主人。主人小心翼翼的將雙手擦拭乾淨，然後走到窗邊，坐在他的大椅子上細細閱讀。

「很高興能收到老朋友的消息。」他轉身說，「所以，穆里羅，你是畫家嗎？」

穆里羅用最自然的態度在胸口畫了個十字，回答說：「天主眷顧我，我偶爾能畫出很不錯的作品，但我還有太多東西要學了，我非常想在您的畫室裡學習。」

「我能看看你的作品嗎？」

「沒問題！」穆里羅二話不說便衝下樓，跑向他放在騾子旁邊的行李。幾分鐘後，他拿著幾卷畫布回來，直覺的選了一個光線良好的位置，逐一攤開他的畫布。

主人安靜而仔細的看著每一幅畫，然後以平日冷淡而嚴肅的語氣說：「你畫的是聖人與天使，卻找一般百姓當模特兒。」

穆里羅微笑著走向前，熱切的解釋：「我們每個人都是耶穌的化身。我能從任何人的面容中尋找聖人的神性，從孩子們的身上尋找天使的身影。天使與孩子之間的差別非常、非常微小！」

主人靜靜看著穆里羅，接著，十分難得的揚起嘴角，慢慢露出微笑，深沉的雙眼閃露光芒。「小胡安，去把穆里羅的行李搬上來，他之後就住在你旁邊的小房間。」

「大師！」穆里羅急切的踏向前，似乎想再次抓住主人的手，但主人很快把手藏到背後，並放聲大笑：「自制一點，穆里羅！我不習慣這麼直接的奉承，你會把我嚇跑的！」

「請原諒我，我只是太高興了！」

穆里羅加入了我們，並且重新將歡笑與歌聲帶回安靜的畫室。他總是有說不完的笑話，晚餐過後還會彈吉他、唱歌，把夫人逗得心花怒放；在畫室的時候，他又會變成一位努力不懈的畫家。剛開始，主人讓穆里羅臨摹自己的宗教畫，因為教堂和修道院的訂單總是如雪花般不斷，數量多到主人趕不及完成。漸漸的，主人也讓穆里羅跟著他一起作畫，偶爾給予建議和調整，穆里羅則認真的聆聽和學習。

主人再次開始邀請模特兒進畫室，尤其是街上的孩童和老人。夫人無比疼愛這些孩子，總是在廚房裡準備許多點心，她也會把一些保暖衣物、斗篷分享給老人。主人讓模特兒穿上特定的服裝，讓他們裝扮成歷史人物或聖人。主人與穆里羅不同，穆里羅在每個人身上都看到神性，主人則是著迷於挖掘每個人的獨特意涵，以及他們的存在如何與別人不同。主人在探尋這些的過程中，找到他要的真實。

在那段快樂靜謐的時光裡，夫人負責餐飯，主人跟穆里羅醉心於工作，巴吉妲則經常帶著她肉嘟嘟、有著深邃黑眼睛的女兒回來探訪。而我必須慚愧的承認，在大家都過得幸福、快樂的日子裡，我又滿懷熱情的偷偷開始作畫。我用國王賞賜的金幣購買畫布與畫筆，而且……主啊，原諒我，我經常偷取主人的顏料。我持續這麼做是有原因的，在艱難的藝術之路上，我感覺自己終於有些進步。我能不進步嗎？畢竟我在史上最偉大的畫家身邊學習，儘管他不知道有我這個學生。穆里羅的畫風與主人不同，整體而言更加柔和、感傷，但也非常值得學習。我仔細臨摹他們的畫，並自己研究色彩學、光影技巧和透視法。家裡每個人都愉快的忙碌著，沒有時間注意我，而我又有許多閒暇時間……唉，主人是如此信任我！我的行為啃蝕著我的良心，讓我無法再開心起來。

每天早晨，我都會跟著穆里羅去望彌撒。當他閉著眼睛，在天主面前虔誠懺悔時，我總感到格外厭惡自己。我看著天主在穆里羅老實、平凡的圓臉上，灑下神聖柔和的光芒，並為此深深感動。可是，我呢？我無法承諾自己不會欺騙主人，無法承諾不再偷取他的顏料，無法承諾不再偷偷畫畫……我無法告解，也無法被寬恕。我慚愧而罪惡的跪著，卻無法接受天主的恩典。連善良的穆里羅都開始擔心我了。

「胡安，」他總是這麼說：「去告解吧！洗滌你的靈魂，重新領受天主的祝福吧！祝福帶來的喜悅是任何世間享受都比不上的！」

穆里羅從不像其他人那樣叫我「小胡安」。主人、夫人，或是巴吉姐喚我「小胡安」，總是溫暖而親切；可是其他人叫我「小胡安」，就好像在叫小狗一樣，讓我感到一文不值，十分討厭。身為奴隸，我也不能期待別人稱我「帕瑞哈先生」。總之，當陌生人對我彈指頭，「小胡安、小胡安……」的叫我時，我都覺得厭煩，而且每次都試著裝做沒聽見，直到現在我還是很抗拒。不過，當善良的穆里羅叫我「胡安」的時候，我總是非常高興。

「胡安，如果有我幫得上忙的地方，就告訴我吧！」

「我會好好想一想的。」我答應他。可是我想來想去，跟自己的煩惱糾結半天，就是無法向他開口。這真是一大折磨！如果我不小心生病或發生意外，不小心死了，就會帶著滿腦子沒有告解、沒有懺悔、沒有洗滌的罪孽坐上天國的審判席。

正當我思緒一團混亂，煩惱不已的同時，我也正在自己房間裡，試圖要畫一幅聖母像。我知道我現在根本就不應該想這個，可我內心翻湧著一股迫切的渴望，讓我必須畫下聖母溫柔、年輕的臉龐。我的腦海中不斷浮現天使出現在年輕的瑪利亞面前，宣布她即將成為聖母的場景：「萬福瑪利亞，領受讚美吧！」

我使用昂貴、上好的尼德蘭畫布，在畫布上勾勒交疊著雙手的等身人像。聖母眉眼低垂，面容極為嚴肅，在我心中，一名少女聽到如此神聖的消息時，大概就是這樣的神情。所有的比例都對了，所有的線稿都已完成，就等著畫上顏色。我在這幅畫作上花費了許多心血。

我準備了一枝畫細筆用的精緻松鼠毛筆，與另一枝畫重筆用的粗毛筆。

我開始畫了。打線稿時，我很小心描繪衣料的輪廓，像是裙子在光滑皮膚上鋪疊的樣子，長袖的皺摺處，與斗篷襯托髮絲、貼著高領洋裝輕柔散開的方式。我開心的畫著，在布料突起處塗抹高光，凹垂處繪以輕柔的陰影，彷彿自己已經掌握主人的繪畫技巧。

幾天之後，我著手進行臉部。我模仿主人，以深褐玫瑰色打底，然後層層疊加色彩，直到畫出富含生命力與柔和光澤的完美膚色，呈現出溫暖皮膚下，飽滿圓潤的肌肉、流動的血液，和跳動的脈搏。我一邊畫，一邊在破瓷盤上調色。可是漸漸的，奇怪的事情發生了。我的手開始不受控制，把聖母的面容畫得愈加黯沉，五官愈加輕柔圓潤。聖母的眼眸變得斗大而烏黑深邃，周圍透著淡淡白光；祂的鼻子變得寬大扁平，前端的鼻孔敏感微張；祂的嘴唇變得豐潤肥厚，嘴角深深凹陷；祂的頭髮變得又黑又捲，從兜帽下微微露出。我的雙眼看著一切發生，卻無能為力——我畫了一名黑人聖母。

起初我還感到滿意，甚至覺得開心。可接著我突然很難過，我覺得我的手似乎受了魔鬼操弄，彷彿為了提升自己的地位、彰顯自己的族裔是天主的選民，我竟然把聖母畫成黑人。我摀著頭，開始哭泣。

可是我又想，也許是天使指引我這麼畫的？也許天使想使我明白，我不該偷偷仿效主人，妄想與他並駕齊驅，不該妄想與他一樣擅長畫圖，更不該妄想像他呈現西班牙人的尊嚴與驕傲一樣，展現黑人的美麗？我腦中一片混亂，又不知道該如何是好，只是不斷的哭泣，默默承受靈魂的折磨。

這時，我想起了既善良，又把我當成朋友的穆里羅。

在我完成聖母像後不久，畫布上的顏料都尚未乾透的一個早晨，主人頭痛發作，臥病在床。我竭盡所能的幫他按摩，在他後頸敷上毛巾，並為他煮了些安神入眠的茶。他在幾次睡著又醒來之後，好不容易深深入睡。我知道主人休息之後便會好起來，就為他拉上窗簾，躡手躡腳走出房間。夫人正陪伴著主人，我有好幾個小時的自由時間。突然，我下定決心，要向穆里羅坦白一切。我跑到畫室門口，他正在繪製一幅滿布天使與雲朵的巨幅畫作。

「穆里羅，我需要你幫忙，請跟我來一下。」我簡潔的懇求他，穆里羅立刻放下調色盤，洗淨雙手，準備跟我走。我帶他到我的小房間，然後關上身後的門。幾秒鐘後，他的眼睛適應了房間的幽暗，便看到了我的畫。

他小心翼翼的溜到門口，將門稍稍打開一條縫隙，讓光線照在我的畫作上。接著，他仔細的看著我的畫，看了整整二十分鐘，然後輕手輕腳把畫轉向牆壁，關上房門。

「我們去街上走走，說話比較自在。」他交代廚師，如果主人醒來要找我們，就說我們大概一小時後回來。接著，我們便離開屋子，好像天主為我們指引一樣，走上通往小教堂的路，那是我們每次去望彌撒時都會走的路。

穆里羅四下環視，確定沒有人能聽到我們說話後，便抓住我的手說：「親愛的朋友，你畫得很好啊，恭喜你！你的人物、衣服、光線，完全展現了委拉斯奎茲大師的徒弟該有的技法！可是，你為什麼垂頭喪氣的啊？」

「奴隸作畫是犯法的。」

穆里羅聽到我說的話，下巴都快掉下來了，他沮喪而不知所措的抗議說：「怎麼會這樣？」

「西班牙的法律規定，奴隸可以做手工藝或當工匠，但不能從事藝術工作。所以我一直都是偷偷作畫，我已經偷偷練習素描，並臨摹主人的作品很多年了。」

「我真是個蠢蛋，」穆里羅說，「自己眼皮底下的事都看不見。我好像聽說過這麼一條法律，卻一直沒記住。我出身貧窮，家裡從來沒有奴隸。可是，胡安，你又不想搶那些自由人的飯碗，他們怎麼能認定你犯法？」

單純的穆里羅認為要先有「意圖」才算犯法，他無法接受我犯法的事實。他接著說：「而且你學得那麼好，是我的話，一定會在剛才那幅畫上驕傲的簽名！」

「你總是那麼善良，可是你不明白，我剛剛說的，正是一直以來我無法告解的原因。牧師一定會要求我停止作畫，但我怎麼可能放棄？我辦不到！」

「等一等，」穆里羅說，「等一等，我們重新把整件事冷靜的思考一下：你的意思是，畫畫是罪惡的？我從沒聽說過這種事。」

「但我是奴隸啊！」

「你是說，當奴隸是罪惡的？」

「不是，當奴隸是不公平的，但我是虔誠的教徒，我不期望在人間得到正義，僅求能在天堂獲得。而且，我也不是那種叛逆的奴隸，我很愛我的主人和夫人。」

「你真是善良，我實在看不出你有什麼過錯。你懺悔時，神父有問你的身分或地位嗎？他有問：『你是奴隸嗎？』或『你是罪人嗎？』」

「他沒有這麼問，但我總是說：『我是個罪人』、『我有罪。』」我明白了他想說什麼，心裡突然感到一絲希望。

「我還是不懂為什麼你非得為畫畫懺悔不可，我的朋友。」穆里羅說，「還有，怕你不知道，我可是非常認真的在說這些話。畫畫不是罪，也跟你能不能領受天主的祝福無關。」

「可是我也有偷顏料。」

「呃，那你就必須懺悔了，而且保證以後再也不偷。你以後不必偷啦，因為我會送你顏料。現在，還有什麼問題？我們馬上就去找神父告解。」

我們快步走往小教堂，跟著前來懺悔的人一起排隊。在隊伍中，穆里羅習慣性的開始禱告。我毫無保留的向穆里羅傾吐，是因為我想相信他所說的那些。如今我也明白，讓當時的我如此傾吐的另一個原因是，穆里羅為我釐清了心中的困惑——他說的一點都沒錯。

輪到我懺悔時，我一股腦兒坦誠了心中的憤怒、怠惰，與偷取顏料的罪惡，並說出自己最為嚴重的一條罪：我說我早已不奢望天主的愛，我狂妄的認為自己早已永遠被劃分在天主無邊的慈悲與寬恕之外。

神父肅然赦免我的罪，我站起身來，走過去再度跪到穆里羅身邊。他永遠不會知道他對我的恩澤有多麼深厚，穆里羅讓我明白自己可以懺悔、贖罪，並再度接納上主。我暗暗發誓，必將盡我所能，忠誠的服侍他，一如我服侍主人那樣。

兩人漫步回家時，穆里羅以他一如往常的率真，滿面歡喜的說：「胡安，現在你又可以領受天主的祝福了，我真替你高興！」

「我真希望能給主人看我的畫！」我大聲說，我一直渴望讓主人看到我的作品。

穆里羅表情一凜，露出鄭重而小心的表情。「我建議先別拿給他看，之後會有機會的……等到時機成熟，你再向他展示你的畫，讓他知道你一直以來的努力，但現在還不是時候……」

「你覺得，把聖母畫成一名黑人是錯的嗎？」我卑微的問。

「怎麼會？」穆里羅真誠的反問，「我們天主向他可愛的子民們展現過許多不同樣貌：孩童、老人，甚至是痲瘋病患者。聖母當然也可以以孩童、義大利女孩、西班牙少女或年輕女黑人的樣態出現。無論她選擇以何種樣貌盛裝她的靈魂，都能展現出她的溫柔、細膩、神聖。更何況……」

他轉向我，熱情的搭住我的臂膀，「聖母一定也會讚嘆屬於你們族裔女子的溫柔美貌。」

我們回到家中，從那一刻起，我的生命變得更寬廣、更快樂，我覺得自己也成為更好的人了。穆里羅讓我的心不再糾結於小事，指引它步上追尋真理的道路。我不再偷顏料了，穆里羅把自己的顏料分給我，還送我畫筆和畫布。

我伺候主人、夫人和穆里羅，且作畫不輟。如今的生活，已經是我能想像，最幸福的生活。

11 再訪義大利

三年後，穆里羅與我們道別，回到塞維亞。他偶爾會寫信給我們，說他在塞維亞結婚了，擁有一個學徒眾多的大畫室，而且教會總是向他訂製宗教畫，委託接都接不完。我經常想起穆里羅，也經常寄信表達我的思念與關切。我由衷的希望他一切安好。

一六四九年，國王下令主人出使義大利，為西班牙皇宮及博物館蒐集畫作和雕像。我們為這趟旅程做了浩大的準備，然而，就在我們出發前夕，事情突然有變。主人原本想從塞維亞啟航，可是正巧遇到當地鼠疫爆發，而巴塞隆納當時又落在法國手裡，綜合種種因素，最後我們決定走陸路到馬拉加，再於當地的港口上船。

當時是一月初，天空正下著濛濛細雨，我們在一個嚴寒的冬日啟航。可憐的主人，當我們一踏上甲板，感覺船身在腳下輕輕晃動時，他的臉色「唰——」的變得慘白，大概是想起了我們第一次航海的痛苦回憶。唉！他的恐懼是對的，因為我們即將在海上度過了我這輩子（可能也是他這輩子）最可怕的四十天。

離港後不久，我們便遇到一場驚濤駭浪的暴風雨，船被搖得東倒西歪，大家只能躺在各自的臥鋪上，忍受船身劇烈的起伏。咿咿呀呀的船帆和低聲磨擦的木頭，讓人覺得船身隨時可能解體，帶著大家沉入深海之中，真是無比的嚇人。我被搖得暈頭轉向，全身無力，像是溺水的小貓一樣，連手都抬不起來，沒有任何力氣可以伺候主人。我們主僕倆就那樣髒兮兮的躺了整整三天三夜，在可憐又無人搭理的情況下，勉強熬過暴風雨最狂烈的那幾天。

然而，儘管最大的風浪已經過去，海浪依舊凶暴的撞擊船身，浪頭也依然洶湧濤天。當主人起身，搖搖晃晃的試著越過艙房，去到他的行李箱拿取乾淨衣物時，竟被一把甩到艙壁上！他不但割傷了右手，而且留下了嚴重的瘀傷。

我用盡全力照顧主人，幫他梳洗，協助他更衣，在他手上塗芳香的油膏，然後纏上紗布。可是在我們抵達熱那亞前，主人的手早已腫痛到不行了。可憐的主人什麼都不能做，只能躺在臥鋪上，用左手保護著右手，努力不叫痛。我仔細觀察受傷的手，所幸血管周邊並未出現凶惡的紅色病兆，不然就很危險了。我有信心主人的傷勢能夠好轉。

在熱那亞上岸後，我們馬上去找醫療理髮師[1]。醫療理髮師不斷按壓、擠捏主人受傷的那隻手，竟然弄到主人昏了過去！在主人清醒之前，我一把抱起他，將他扛在肩上，立刻離開了那個地方。我很怕理髮師為了要放出膿血，拿刀子割開主人的手。我還不如自己用熱敷袋和草藥幫主人治療，也不必多留一道刀疤。畢竟，主人那隻手比整個熱那亞加起來還要有價值。

1 barber-surgeon，現代外科手術的起源，始於十九世紀末，由英國「現代外科手術之父」喬瑟夫・里斯特男爵致力推廣。最初的外科手術經常由受過培訓的理髮師執行。

總之，我扛著主人來到城裡舒適的客棧休息。我為主人的手敷上止疼退熱的草藥，每天二十四小時不間斷，還用熱毛巾緊緊纏繞；同時，我也請客棧為主人準備熱濃湯、甜粥和紅酒，好讓主人維持體力，也避免傷口引發壞血病。謝天謝地，我做得沒錯！腫脹消了，那些可怕的傷痕都結痂癒合，主人的手也不再疼痛了。

「小胡安，就憑你救了我這隻手……你想要什麼都儘管開口。」主人早晨醒來，看到他的手終於恢復正常的形狀與膚色時，虛弱的對我說：「你要什麼，我都答應。」

我的腦海中瞬間閃過很多東西，可是仔細想想，我只是盡自己的責任服侍主人，為此要求報酬，好像不太對。更何況，每次我需要什麼，只要是在主人能力範圍之內，我只要開口，主人都會馬上答應，「主人，我什麼都不要！也許未來我會需要您的幫忙，但現在除了您的健康外，我別無所求。我感謝天主救回您的手，讓它畫出更多成千上百美麗的畫作！」

主人沒說什麼，他一直都很沉默寡言，但我看得出他把我的話記在心裡。

主人完全康復後，他在熱那亞參觀了許多畫廊，為國王挑選一些畫作，然後安排一艘西班牙大帆船運回去。之後，我們走陸路去了威尼斯。義大利的城鎮跟西班牙不同，彼此相隔不遠，輕鬆步行一天便能抵達。天氣好的時候，我們經常在朝露未乾的清晨，帶上一條麵包、一些起司和酒，讓隨行的騾子扛著我們的行李與毯子，便起身出發。有人警告主人，說國外小偷猖獗，這麼隨意的旅行未免太過魯莽。但主人答說，我們又沒帶什麼貴重物品，也很樂意和所有飢餓的旅人分享食物。一路上，我們從沒受過騷擾，也沒起過任何疑心。鄉下的老百姓善良又好客，不像狡猾的城市人，看到我們是外國人，便想誆騙我們。反正我們身上從來不帶錢包，主人和我都會把一些銅板放在腰包和鞋子裡。國王的財務委員已經為我們安排好，等我們抵達威尼斯或羅馬，就能到錢莊提領需要的錢幣。

我們身上只帶了幾個繃好的畫布、炭筆和顏料。主人常想畫下天光從一排排枯樹間灑落，篩成細緻斑影的風景，他也想畫沼澤裡閃亮的露珠，或棕色田野間流動的粼粼小溪。時值冬日，天寒地凍，因為一場突如其來的暴風雪，我們不得不在一座叫克萊莫納的老鎮上滯留數日。主人出自好奇，找到一個製作提琴的知名家族。他從旅人口中聽說了該家族的盛名、樂器、木作傳統，以及家族世代相傳，不假外流的亮光漆秘方。

還有一次，我們被狂暴的雪雨困在途中，凍得主人骨頭發疼，右手的舊傷也復發了。他的手再次腫成兩倍大，而且還開始灼熱、發紅。等我們進到客棧後，主人說什麼也不肯離開他的房間，變得如驚弓之鳥一般。沒辦法，畢竟從他年輕的時候開始，手就是他維生的工具。這隻手累積了三十年來，主人辛勤工作所習得的所有知識、技法和藝術。

我用盡全力，想說服主人找一位技術高超的義大利外科醫生來看病。然而，主人說什麼都不肯，因為他實在太害怕了。我無計可施，主人一句話都不吭，只是絕望而神智不清的躺著。除了禱告之外，我不知道自己還能做什麼。

我幫主人蓋上暖被，離開客棧，獨自來到鎮上尋找教堂。

我跪倒在聖母面前，開始哭了起來。主人對手的憂懼影響了我，我再也承受不住了。我向慈悲的聖母許下願望：若主人的手能夠好轉，我一定承認自己偷偷作畫的事，等我們返回西班牙後，我也一定會盡力彌補我的罪過，接受所有的懲罰！

不知道是我的淚水模糊了視線，還是從高窗射下的冬陽作祟，抑或是奇蹟真的發生了——在我乞求聖母幫忙後，她似乎對我露出笑容，還微微點頭表示同意。總之，我彷彿重新看到希望，心情也受到極大的撫慰。我持續以最大的熱誠與愛，誦念整篇玫瑰經，然後匆匆趕回客棧，返回悲慘絕望，躺臥床上的可憐主人身邊。

我進到房間時，爐火已經熄滅，氣溫也越來越低。我連忙喚人送來更多木柴，重新升起溫暖的火光，並且拉上簾子，也從樓下廚房帶回一鍋濃肉湯和烤肉給主人吃。主人動也不動的躺著，我走過去摸他，他身體涼涼的，額上微微沁著汗珠，呼吸深沉而穩定。

我站在那裡，看著主人挪動身子，改變睡姿，彷彿什麼病痛都沒有，就像一個健康、熟睡的人一樣。他深深吐出一口氣，受傷的手托在深色被單上，顯得如此蒼白、細緻而脆弱。令人訝異的是，主人手上的紅腫已經消失了，連傷疤都不見了！不過才一個小時前，我還以為一切都完了……那是他的手，那隻受過精良訓練、向來技藝高超的手啊！我跪倒在床邊，捧起他的手激動的親吻著。

主人醒過來，看見我跪在地上。

「小胡安！發生什麼事了？」

「您的手，主人！」

他抬起手翻看，然後朗聲哈哈大笑。

「喔，謝天謝地！」他大聲喊著，我也跟著喊：「阿門。」

主人起身飽餐了一頓。隔天，我們繼續朝威尼斯前進，從來不唱歌的主人，竟然在租來的馬車裡，一路低聲哼唱，嘟嘴吹著口哨。

我對威尼斯記憶十分深刻，那裡的光線獨一無二。義大利大部分地區的陽光柔軟而金黃，但威尼斯的光線卻純淨冷冽，淡淡的藍調彷彿映著海洋。

主人又開始畫畫，並進行各方交付給他的委託工作。然而，那隻手是他的一切——這段疼痛不堪，讓他恐懼不已、害怕失去右手的恐怖時日，已深深侵蝕了他的靈魂。主人開始對自己的素描感到不安，繪畫時也變得十分焦躁。有時，畫筆會在他的指間微微顫抖，他的心情也會因此惡劣到好幾個小時不說話。主人開始擔心失去畫肖像的能力，而肖像向來是他最基本、最具代表性的繪畫主題。

他開始幫一位威尼斯女士畫肖像，卻對作品極度不滿，畫到一半時，他突然將女士預付的委託金還給她，跟她說自己無法繼續作畫。他毀掉畫布，當晚馬上安排第二天前往羅馬的馬車。一路上，鄉村風景十分美麗動人，時值初春，所有樹葉和藤蔓都染上蒼翠的新綠。主人雖然望著窗外的風景變化，左手卻不停撫摸、按摩右手。

「小胡安，我的手指會麻，我不喜歡這樣。」他對我坦承，

「如果我再也無法繪畫，我還能做什麼？」

「天主若不打算給您賞賜，就不會用痛苦和煩惱來折磨您了。」我堅定的安慰他。主人露出有點諷刺的笑容，「那我們只好相信，祂會趁我還活著時賞賜我，否則我們就得挨餓了，小胡安。」

「主人，這我倒是不擔心，也不擔心您的畫作。」

「我忠心的小胡安，沒有你我該怎麼辦？」

等我們終於抵達羅馬後，我們住進城裡最棒的客棧。但是，我們在客棧待不到一天，一位娶了羅馬女子的富有西班牙貴族，便把我們接去他的宅邸留宿。他收到國王與幾位西班牙貴族的信，堅持要主人住到他家。

這個人便是仁慈又頑強的羅迪戈・帝方西羅達老先生。老先生和他的夫人有個女兒眾多的大家庭，但女兒們都已嫁作人婦，各自成家了。老先生的宮裡有許多房間，老先生又對主人崇敬至極，安排了好多間房間給我們。主人將其中一間做為畫室，移走了所有不必要的家具。而我按照一路旅行過來的習慣，就睡在畫室的草墊上，方便隨時照顧主人。

羅迪戈先生和夫人顯然對教宗及梵蒂岡的官員十分熟悉，因為幾天之後，有一位特使帶著禮物前來問候主人，並邀請他前去覲見教宗英諾森十世。我記得主人為了這次會面，特別精心準備。他齋戒、告解、領受聖餐，全身沐浴，還要我幫他洗頭髮。一如往常，主人穿上西班牙傳統黑衣，羅迪戈先生也僅穿素黑或極深的墨綠色；老邁、滿臉皺紋，還缺了一些牙的夫人，則將自己的頭髮染成金色，並穿上猩紅色、紫羅蘭色和杏黃色相間的洋裝。

主人出發前往梵蒂岡，但他才走了二十步，便又折回來找我。

「小胡安，陪我過去吧！教宗接見我時，你可能得找個地方等我。整趟義大利之旅你都陪在我身邊，若是知道你就在不遠處，我在親吻教宗的指環時，也會感到比較安心。」

於是，我們一起走過耶穌降臨前，早已被世世代代的人踩踏過的街道……我們經過傲然聳立的圓柱，這是羅馬人征戰後帶回來，豎立在故鄉廣場上的戰利品，這些圓柱是為了提醒市民，羅馬軍隊的勢力是何等的無遠弗屆。城裡還有許多建於不同時期的教堂，有些尚未完工。我們來到臺伯河，看見初春暴漲的河水在深深蝕刻的河岸間湍急的流淌著。我們沿河岸走了一段路，在聖天使城堡向左轉。

羅馬不大，不過一個小時，我們便走到聖彼得大教堂前的圓形廣場。教堂宏偉的半月形柱廊，像是手臂般環抱大教堂。我一直陪著主人前行，直到守衛攔住我，我才返回聖彼得大教堂禱告。

我跪了很長一段時間，因為我有很多事要跟天主說，我在祂面前傾吐千頭萬緒，希望天主能像打穀者般，用憐憫的氣息，吹去穀糠，為我留下麥子。當時的我還不到四十歲，起身時卻覺得雙膝僵硬，感到疲憊又老邁。不過同時，我也感覺自己的內心有所成長，變得更加堅定。在這座宏偉壯麗的大教堂裡，我開心的漫步神壇間。然後在一尊聖母像前駐足良久。聖母懷裡抱著死去的聖子，神色哀傷。那是米開朗基羅的《聖殤》，雕像充滿柔情的眼神感人至深，看得我熱淚盈眶。

主人在《聖殤》前找到我。他一個字都沒說，我也是，我們兩人定定站在雕像前，安靜欣賞很長一段時間。然後主人碰了碰我，示意該離開了。我們走到戶外明亮美麗的晨陽下。

「我們去吃點下午茶。」他說。我們坐到一小張戶外的桌子邊，女侍者為我們送上紅酒、橄欖和幾片重口味的香腸。

「他們請我幫教宗畫肖像。」主人在取出口中橄欖籽的時候，突然這樣宣布。

「哇，主人！天啊，天主保佑！這下子全義大利的人，都會認可您的畫技了！全世界的人都會！」

「我想是我們的國王陛下建議的，他在西班牙為我們做的安排，但我看得出有些梵蒂岡宮廷裡的貴族不太買帳，他們不太喜歡外國人，尤其是西班牙人。小胡安，我得畫出出神入化的肖像才行。」

「您會的。」

「我真希望能跟你一樣有信心。」

主人點了一籃櫻桃吃，也給了我一些，但我覺得太酸了。這是春天的第一批櫻桃，顏色比較淡。

「這幅肖像讓我壓力很大，我想先做些練習。正式作畫會在一個月後，到時教宗將來拜訪我們。」主人的手開始握緊又放開，他憂鬱的瞪著自己的手指。

「畫我吧，主人！幫我畫肖像！」

他經常為我畫素描，然後讓學徒為我畫油彩，可是現在我發現主人正用新的眼神——一種冷靜疏離、格外銳利的眼光打量我。我知道他的腦子正勾勒我渾圓的臉頰、厚實的鼻子和嘴唇、我的鬍子線條和我的眼睛。

「走吧。」主人推開他的酒與水果，「走吧，我們去買畫布。對，小胡安，我來畫你，我要畫出你的忠誠、聰明、善良、驕傲還有尊嚴。懇求天主指引我的手。」

12 主人為我畫肖像

做為畫室的房間有扇面北的大窗，從早到晚，陽光都能毫無保留的潑灑進來。主人要我穿著日常衣物，再戴上他深褶蕾絲邊的白色大領子，來襯托我深色的衣服和皮膚。

他讓我站到他面前，叫我直直的看著他，並用手抓緊我的斗篷，讓它蓋住我的左肩。那是個輕鬆的姿勢。我在家中畫室當過學徒們的模特兒，有時累到快站不住了，他們才示意讓我放鬆，這次簡直是小菜一碟，我只要站著就好。我不太記得當時擺出的表情，主人要我看著他，把他當成陌生人、路人、不屑一顧的人。他說他要我那種自重自傲，帶點審慎內斂的表情。只要外頭有光照進來，我們每天都會工作。我很快就習慣擺出同樣的姿勢，主人會用手示意，糾正我往右或往左，並引導我心中升起相應的情緒，展現他想要的神情。

主人在第二天便開始上油彩了，一如往常，他用掛布遮住畫作，不許模特兒看他在畫什麼。第四天結束時，主人把我叫過去。

我站在那裡，照鏡子似的看著自己的肖像，除了驚人的神似之外（這部分主人是無人能及的），構圖是典型的西班牙風格，和諧與莊重兼備，頭部四周和皮膚卻發出異樣的金光，散放著難以言喻的圓滿自足。不僅是肉眼所見的模樣，我的內心也同樣清晰的被呈現在畫布上……主人彷彿畫出了我腦中的想法。

「主人，我這麼說不是因為您畫的是小胡安，但是我覺得這是您畫過最棒的作品！我不但看到我自己，而且還看得到自己在想什麼！」

「我也很滿意。」主人把畫筆遞給我，只說了這麼一句話。

我把畫筆拿去清洗，在準備肥皂水，洗淨筆上的顏料時，我的腦中浮現幾天前我偶然想到的一個大膽的計畫，並開始構思細節。

毫無疑問的，歐洲或世界其他地方都有許多暗藏的陰謀。我從無意間聽到的閒言碎語，與主人說過的話來判斷，知道梵蒂岡宮廷也是如此，無論哪裡的人都一樣。義大利人一直以「歐洲真正的藝術家」自居，讓一個西班牙人來幫教宗畫肖像，令他們很不是滋味。連我都清楚察覺到了，主人一定更加明白

——因為，沒有半個羅馬貴族來找主人畫肖像。我打算讓他們在幾天之內，為自己的態度感到慚愧。

等畫像乾透，能夠讓我隨身攜帶後，我便會將計畫付諸行動。我準備了一份有差不多十位羅馬繪畫贊助人的名單，然後靜靜等待適合的時機來臨。

一天早晨，趁主人忙於處理私事無暇注意我，我便展開行動。為了不讓畫作沾到塵埃，或在路上有什麼差錯，我將自己的肖像畫仔細包妥，然後直奔龐帝公爵家。一位相當傲慢無禮，穿制服的僕人來到門口，問我有什麼事。我表示自己得跟公爵談一談，我說我是為教宗的肖像畫師——委拉斯奎茲來傳話的，我想這樣便能請出公爵了。果然不出我所料，大門很快為我而開，我被帶到公爵面前。他正懶洋洋的斜躺在椅子上，身上用白布包到下巴，理髮師正在幫他整理頭髮。

我站在門口，直到公爵大喊：「進來，進來吧！到底是什麼口信，啊？」

我看著他推開理髮師坐起身，憤怒的瞪著我。我接著說：「大人，據我所知，您對肖像畫十分感興趣，我覺得您也許會想看看這幅畫。」

我掀開罩子，把畫像擺到我身旁。

我故意穿上同樣的衣物，而且還戴了白領子。我聽到公爵倒抽一口氣。

「我的媽呀！」他大喊一聲，「那是畫像嗎！」

「這是我家主人前幾天為了放鬆心情，隨便畫的作品。」

我告訴他說：「他是歐洲最偉大的肖像畫家。」

公爵站起來嘟囔著，似乎很不高興。
「我也同意，」他終於不情願的說道：「他是最厲害的。朋友，你叫什麼名字？」
「胡安・德・帕瑞哈。」
「我希望你拿這幅畫像給我一位朋友看，可以嗎？」他突然仰頭哈哈笑了起來。「不，等一等！我想先跟他打個賭，因為我還需要五十個金幣。你不用去了，明天你在同一時間，帶這幅畫像來這裡。」
「我對大人打賭的事沒興趣。」我傲然回答說：「我只在乎能否得到委託，還有人們是否認同我的主人。」
公爵瞪著我，然後再次高聲大笑，他聳聳肩。
「就這樣吧，我保證你會接到很多訂單的。不過我看得出來，你們主僕都有西班牙人的倔強，西班牙人都這樣。好吧，我就當第一位給委拉斯奎茲老爺下訂單的人吧！我今天下午就去拜訪他，請他幫我家夫人訂一幅畫。好了，你明早能按我要求的來一趟嗎？」

「沒問題。」

我回到我們的住處，心裡滿是歡喜。

當天下午，龐帝公爵穿著繡上金線的紫色錦緞，和帶有金釦的鞋子，華麗登場了。他摘下頭上裝飾著綠色羽毛的寬邊天鵝絨帽，深深一鞠躬。清瘦蒼白、全身素黑的主人，也恭敬的迎接公爵。兩人喝過酒後，主人同意幫女公爵畫肖像，公爵對於我和我的畫像隻字未提，我也一聲不吭。

第二天早晨，我實現了自己許下的承諾，再次來到公爵家。

公爵身邊有位肥頭大耳的義大利貴族，他有著淺色的眼珠，而且習慣性的用手指將自己的下唇往外拉，然後讓嘴唇啪一聲彈回去。

他們顯然已經下好賭注了，因為這位胖貴族身邊立著一張肖像，我很快瞄一眼，畫作頗為浮誇，五官變得更加柔美，顏色全是粉淡的色調。我大概知道自己是來做什麼的，便站在那裡等著，直到公爵叫我掀開我的畫像。我知道哪種光線最能展現畫作，早就選定位置了。我站妥後，把代表另一個我的畫像擺到身邊。胖貴族認真打量著，扯著自己的嘴唇，然後扔了一小袋金幣給他的朋友。龐帝公爵掏出一枚金幣朝我扔來，但主人向來讓我衣食無缺，在我需要時給我錢，因此我任由錢幣掉在地上，並未彎腰去撿。

「收下吧，胡安！就當這枚金幣是禮物。」

「如果它被當成禮物送給我的話，我會很樂意收下。」我告訴他。

龐帝公爵人還算厚道，他走過來撿起金幣，行了個禮遞給我。

離開時，我聽到那個賭輸錢的傢伙詢問主人的住址，我知道又會有人來訂畫了。

我以這種方式拜訪了城裡最富有的七、八位貴族，主人接到的委託夠他忙上一整年了。最棒的是，若是有人想將西班牙大師排除在羅馬上流圈之外，這些人會維護主人，成為他的擁護者和戰士。老實說，一旦讓那些義大利人服氣，他們便非常慷慨豪爽，極盡恭維之能事，主人差點被撲天蓋地的阿諛嚇跑。主人的為人和藝術向來實事求是，可是現在他們卻把他捧成偶像，這實在與他的品味大相逕庭。

主人很快就沉浸在為教宗作畫的工作中，幾乎忘了其他瑣事；不過，當他不畫教宗時，仍兢兢業業的完成所有委託，並準時交畫。他完全拋開了他對於作畫的那隻手的擔心和挫感，畫技也比以往更上層樓了。

主人終於把教宗畫像的第一批習作帶回家了。在他開始在大畫布上作畫之前，我仔細研究了一番。這些頭像展現了教宗的威儀與權勢，拼湊出一張冷酷，甚至邪惡的臉。不過，我不想做任何批判，為了統治許多有權有勢的異議人士和團體，教宗需要的一定不止是神聖的天意。

主人開始全心投入最後的作畫階段。他跟往常一樣要我陪著，給他遞顏料、換筆刷，執行他在拚命工作時，所有其他我該做的事。我看著作品逐漸成形，即使才一開始，我便能看出這張畫將成為他畫過最傑出的肖像。雖然主人為我們國王畫的肖像也很棒，卻只能展現出陛下的拘謹憂傷和富貴，不過在教宗的畫像中，卻能看見各式各樣的幽微思緒在眼裡閃動。

隨著畫作漸漸成形，我也開始替主人擔心起來。畫作中的教宗看起來精明、充滿野心而難以相處，這樣畫下去好嗎？也許可以吧。為了這件事，主人還親自對我開釋一番。

有一天，在教宗擺過姿勢後，我們從梵蒂岡走回家。主人似乎心情不錯，路上都輕聲吹著口哨。於是，我鼓起勇氣提問。

「主人，教宗看到您把他畫成那樣，會不會不高興啊？」

「因為我展現真實的他，而不高興嗎？畫得不夠英俊，甚至不夠仁慈……小胡安，你的意思是這樣嗎？」

「是的。」

「他會看見自己。他很熟悉自己的樣子，熟悉在鏡子裡看到的自己。我寧可認為，他會因為我眼裡的教宗強悍而堅毅，而感到高興。他不會想在任何一張臉上看見怯懦，更別說是自己的畫像了。話又說回來，無論別人怎麼想，人們都會有點喜歡自己的長相。小胡安，連我也不例外。」

總而言之，主人因為他畫的教宗像一炮而紅。他幾乎馬不停蹄的接著為教宗的侄子，一位溫文儒雅的紅衣主教潘菲利作畫。結果我們在離開羅馬前，主人又畫了許多幅作品。

主人一直忙到聖誕節才喊停。他替所有未完成的工作收尾，然後安排我們兩人啟程返家。

我們的旅程說不上愉快，但也不是太糟。我們沒有遇到暴風雨，連陸路也不算太冷。我們很高興能再度看見熟悉的臉：巴吉妲夫人和她的小女兒，包提塔・戴馬佐先生也站在夫人身邊，大家一起歡迎我們回家。我沒有被排除在歡樂的高呼與喜極而泣的擁抱中，大家也都非常想我。主人和我終於回家了，生活再度充滿色彩與歡樂。

我們回來不到一個星期，主人和我又踏上前往皇宮畫室的熟悉路途，我也再次著手準備所有主人的畫布。宮裡有個行之已久的規定，那就是所有主人的作品，都得面朝牆壁擺放，以便國王能隨時翻開他想看的畫，坐下來欣賞到滿意為止。國王還下令主人作畫時，無須停下來行禮鞠躬或伺候他。由於這種情況太常發生，我們都早已做好準備。

主人被喚到宮殿去，為這趟旅程做了一次正式詳實的報告，還展示了所有收集來的藝術珍品。之後，還會舉行一場盛大宴會，為他接風洗塵。

對我來說，回家固然開心，卻也深深感到困擾。原來，我在義大利的時候，夫人找了一位名叫蘿里絲的新奴隸，負責廚房、商店採購及照顧夫人。夫人深受咳嗽、夜裡發燒之擾，身體虛弱到無法再料理家事。蘿里絲是名嫻靜的女黑人，總是輕手輕腳的做事。她從不主動和我說話，但因為我們常坐在廚房一起吃飯，我不免開始探問她過往的生活。她回答的聲音令我著迷，那低沉渾厚，柔滑如天鵝絨的嗓音，聽起來有如天籟。

蘿里絲不像梅莉嬌弱又纖細，但是她身材豐滿，骨架粗壯，舉止合宜、優雅而堅定；蘿里絲也不像梅莉那樣溫柔孱弱，她看起來安靜寡言，事實上卻強悍、高傲，脾氣說來就來。必要時，她會努力控制脾氣，但我常見她對著沒有生命的物品發飆。她生氣的時候，黑色眼睛總是閃著琥珀色的怒火，深色的皮膚也會褪去血色。

「我原本是曼席拉公爵夫人的奴隸，她生病直到末期都是由我照顧的。」蘿里絲告訴我，「她是你們家夫人的朋友，後來公爵再婚，重新整頓家裡時，覺得我太年輕，也太……怎麼說呢？我對他年輕的第二任夫人來說，太麻煩了。公爵不希望有任何人，會讓第二任夫人想到他的前妻，公爵是個自私的老豬頭。」但蘿里絲說完後，釋懷的笑了，「他向夫人推薦我，夫人便將我買下了。現在我得照顧她，直到她去世，然後……」

「你這話是什麼意思？」我緊張的大喊：「夫人真的病得

那麼重嗎？」

蘿里絲憐憫的看著我，然後聳聳肩，「她還不知道，不過死神早已盯上她了。」

「天啊，」我哭了起來，淚水刺痛了我的眼睛，「夫人要是走了，主人該怎麼辦？」

「就像所有普通人一樣呀，」她嘲諷的說：「趕快再婚，愈快愈好。」

「主人和那些人不一樣。」我告訴她。

蘿里絲站起來，悲傷的看著我。

「我知道你很愛這些白人，」她說，「但我並不喜歡。」

「他們一向待我很好。」

蘿里絲正想開口時，我看到她的臉氣得泛白，不過她還是勉強抑制自己。

「我不希望你跟我一樣，既憤怒又想反抗。」她接著柔聲說：「拚命隱忍，懷抱著希望等下去，實在太辛苦了。那等待是沒有盡頭的。你是個好人，我希望你開心。」

「你很了解疾病……和死亡嗎？」我問她，心裡仍念著夫人。

「懂得可多了，我母親教會我很多事，她還教我算命呢！」蘿里絲的心情突然變得很好，她開心的大喊：「過來，讓我瞧瞧你的手！」

她將手擺到我們之間的桌面上。蘿里絲的手很大，手指很長，又非常乾淨柔軟，我實在不敢把自己沾著顏料的手放到上面。

「不給我看就算了！」她不耐煩的大喊，然後朝我拍了一下。不過，她並沒有生氣，「就算不看你的手掌，我也能幫你算命。」

幾天後她哄我說：「胡安，讓我瞧瞧你的手！給我看啦——」

我把手掌朝上，攤在桌上讓她看。蘿里絲仔細觀看良久，柔嫩的眉間蹙成一道皺紋。

「你會在某人去世後，授予他一個頭銜。」她用驚奇的語氣告訴我：「還有，你入土之後，也會有各種榮耀加身。」

「媽呀！」我打著寒顫，「我不喜歡你算出來的結果。」

她不解的瞪著我。

「太奇怪了。」她喃喃說，「你的未來模糊不清，可是等你死後，卻散發著金光。」

蘿里絲常能預見未來，她告訴我說，未來就像一幅畫好的布幔。當布幔在她眼前展開，她就能看見所有未來會發生的事。

有一天，她到畫室找我，我正在那裡繃畫布，主人則被叫去伺候在他宅邸裡的國王。

「又發生了！」她看起來很興奮開心。

「什麼？」

「布幔又降臨在我眼前了，我看到了。」

「是好事嗎？你好像很高興。」

她用她的黑色眼睛打量著我，對我笑了起來。我從她的表情中看到了淘氣、開心……以及別的東西。

「沒錯，是好事。」她說。

接下來幾天，她變得更開心，也不再發怒和鬧脾氣了。除此之外，隨著夫人身體逐漸虛弱，蘿里絲也對她愈來愈溫柔，我覺得她真的開始關心夫人了。

而我呢？我感到愛情開始在我心中綻放。蘿里絲不像我母親那般溫柔甜美，也不像梅莉那樣楚楚可憐。她有自己的個性，而且總是非常多變。我一直覺得她很有趣，很期待聽到她輕柔的腳步聲，聆聽她悅耳低沉的笑聲，還有當她四處忙著工作時，偶爾對我的碰觸甚至是拍打。

在義大利治好主人的手的時候，他曾鄭重的允諾過我，無論我要求什麼，他都會給我。

我知道治好主人的不是我，而是天主。但無論如何，現在我打算開口跟主人要求了，我想請他把蘿里絲賜給我當妻子。

不過，我得先實踐當初對聖母的諾言，而我已經想到該怎麼做了。

13 我獲得自由

國王常在閒暇時間到畫室裡小坐。

「只有在我說話時，再把我視為君王即可，」他告訴主人，「我希望能悄悄進出，能不用拘束的坐下來，好好欣賞自己挑的畫，感受那份平靜。」國王命令我，除非他開口說話，否則每次他獨自前來，都要裝作沒「看見」他。「我希望能在完全不被看見的狀況下，自己待一會兒。」他笑著告訴我們。

因此，畫室裡總是擺好蛋糕、酒，還有一把國王自己的安樂椅，等候他大駕光臨。陛下習慣傍晚在他必須打扮衣著，參加宮廷活動之前，過來畫室這裡。

很久以前，我曾聽某個跟著魯本斯來的貴族說，西班牙宮廷是歐洲最呆板、無趣的宮廷。我相信國王陛下也這麼覺得，卻不知該怎麼辦。

於是他逃走了，坐在這裡啜飲他的酒，從一疊疊面向牆壁的畫作中，選了一幅翻開，坐在他的椅子上，遠遠的欣賞著。

因為主人經常得到夫人臥室陪伴夫人，所以我偷偷畫了一大幅畫。夫人大部分時間都在臥室裡休息，會喚主人過去陪她聊天。她常常感到孤單，需要他在一旁陪伴。

我這幅畫的主題是國王最愛的幾隻獵犬，牠們全都死了，且不屬於同一個年代，但都曾經是國王的最愛，我知道陛下認得出牠們。

這三隻獵犬（其中一隻是科索）躺在林間空地上，一束金光穿過枝椏，溫暖的照在牠們身上。一隻狗轉向我，口中吐著舌頭，黑色的嘴像在微笑；另一隻豎起耳朵，朝遠方別過頭；還有一隻的鼻子貼在腳爪上打著盹。我從主人的許多畫裡，仔細揣摩牠們的樣貌，盡我所能的畫出這幅場景。

在領過聖餐，讚美過聖母之後，我拿著那幅畫，擺到主人那些面靠牆壁的畫作之中，等候國王欣賞。然後，我顫抖而害怕的等待自己必須坦承的那一刻到來。

幾天過去了，國王陛下因為身體不適，一直待在他的住處。

主人正在畫另一幅安排了鏡子的畫。他忙著四處移動鏡子，檢查光線和鏡影。他根本沒注意到我，也沒發現我很緊張。

然後我的時候到了。

已經傍晚了，主人沒有作畫，而是坐在書桌前算帳，還有寫信到法蘭德斯訂購特殊的色粉。這時，畫室的門靜悄悄的打開了，國王陛下走進來，用猶豫而抱歉的神情四下張望。他穿著某種禮服：黑色天鵝絨鞋和黑絲長襪、黑天鵝絨褲，但身上僅穿了白色薄綿襯衫，而非緊身短夾克，另外加上黑絲錦緞的晨衣。我猜他打算看完畫之後，回房穿上緊身短夾克，叫理髮師幫他刮鬍子、捲頭髮、修整鬍子，然後在最後一刻，再戴上漿過的白色大環狀領。

陛下拉過他的椅子坐下來，重重嘆口氣，伸出一雙大長腿。他和善的向主人微笑，主人也報以溫暖熱情的笑容，然後繼續算帳。

不久之後，國王起身走向牆壁。他站在那裡遲疑了一會兒，然後朝自己翻開一幅畫——那正好就是我的作品。在黃昏的光線中，忠心耿耿的狗兒從黑暗的背景躍然而出，陽光灑在它們油亮的臀部上，愛心滿滿的黑色大眼睛中也閃著動人的光芒。陛下呆呆站著，他以前從沒見過這幅畫。我看得出向來慢條斯理的他正在試圖釐清思緒——這是一張他愛犬的畫像。

我在他面前跪下。

「求您慈悲，陛下。」我懇求說，「這是我的畫，這些年來我一直偷偷用零星的畫布和顏料作畫，臨摹主人的作品，從中學習，並試著自行創作。我很清楚這麼做是違法的，但是主人從來沒有起過疑心，他跟我的違法犯紀毫無關係。我願意承受您對我的任何懲罰。」

我保持跪姿，求聖母能記得我的允諾，祈求她的原諒與幫助。我張開眼睛，看到國王陛下的腳焦慮的四處走動，顯然不知如何回應。接著他清清喉嚨，深深吸口氣，天鵝絨鞋裡的那雙腳停了下來。

「我……我們該拿他……拿這個違逆的奴隸怎麼辦？」我聽到他轉向主人，用漏風又結巴的聲音說。

我依舊跪著。然後，我看到主人那雙整潔好看，穿著皮鞋的腳走了過去，站到我的畫作前面。他默默看了一會兒，國王也等著他開口。

主人終於開口了，「陛下，在我回答之前，能否准許我先寫封急書？」

「好的。」

主人回到桌邊，我聽到他用鵝毛筆唰唰唰的振筆疾書，國王陛下回到坐位一屁股坐下。我跪在原地，全心全意的祈禱著。

主人起身，兩腳往我移動。

「起來吧，胡安。」他說著，伸手扶住我的手肘，讓我站起來。他用一如往常的溫柔表情看著我。

他拉起我的手，在我手中放了一封信。後來，我把那封信放入一個絲布信封裡，一直別在我的襯衫裡頭。信上寫道：

敬啟者：

本人自今日起，賜我的奴隸胡安．德．帕瑞哈自由，使其享有自由人所有的權利與尊重，更有甚者，我任他為本人的助手，委以各種責任並支付他薪資。特立本約為據。

狄亞哥．委拉斯奎茲

我讀完信後，主人輕輕將我手中的信交給了國王，國王讀著信的時候，也露出了燦爛的笑容。這是多年以來，我第一次看到陛下這樣微笑。他的牙齒很小，也不太整齊，但那個笑容對我來說，卻是生平見過最美的。

信又回到我的手裡。我站在那裡，歡喜的淚水從眼中流淌而下。

「陛下，您剛才說什麼有個奴隸是嗎？」主人輕聲問，「我沒有奴隸啊。」

我緊緊抓住主人的手，送往唇邊想吻。

「不，不用了。」主人大叫一聲，抽回自己的手，「你不必感謝我，我的好朋友，是我該感到慚愧。我總是顧著做自己的事，長久以來都沒給你應得的東西，你若願意，請擔任我的助手，而你永遠會是我的朋友。」

「我很高興。」國王陛下說著站起來，他離開前，在門邊轉身又說了一遍：「我很高興。」

主人和我並肩彎腰鞠躬，等候國王走往長廊，他的晨衣在身後鼓動飄揚。

「胡安（他從此不再叫我小胡安了），我們把東西收拾一下，然後回家。我不常陪夫人的話，她會心情煩亂。我現在累了。」

「做為您的助手，主人……」

「以後別再喊我主人了，你可以叫我狄亞哥。」

「我做不到，您還是我的主人，正如您是那些學徒的師父，是其他畫家眼中的大師。我從不因為稱您為主人，而感到丟臉，現在也不會。我會永遠尊敬的喊您主人。」

「那就隨你意吧。」

我們穿過馬德里的街道，往回家的路走。我每踩一步，膝蓋都感受到新的彈動，我心中滿載新的喜悅。現在的我是以自由人的身分，走在主人的身邊。

「可是，主人。」我們越過主廣場時我說，「您剛才說您沒有奴隸，但您錯了，我們家還有蘿里絲。」

「蘿里絲是我內人的奴隸。」他告訴我。

我決定把這一天，變成我記憶中最閃亮的一日。

「主人，我們在義大利時，您跟我說過，因為我治好了這隻手，無論要求任何東西，你都會給我。」我輕輕拉住他的右手，「現在我知道我想要什麼了。」

他在廣場上停下步子，幾道夕陽餘暉照耀在我們身上。

「你想要蘿里絲。」他笑著說。

「我希望能娶她，如果她願意嫁給我的話。」

「我去跟內人談一談，如果你們兩人都願意，我看不出你們為何不能結婚。」他答說，於是我們繼續默默走著。

回到家後，我看著那個即使我並非自由之身，卻依舊讓我身心安住多年的地方。現在，一切都像新的一樣：各個走廊、我日日生活的地方、沉重的深色雕花家具、真人大小的受難像，以及總是擺在耶穌腳邊，在玻璃碗中放著光芒的小簇燭光，還有此時用來遮去降臨的暮色，擋去寒氣與不安的深紅色天鵝絨布簾……所有一切都是我喜愛與熟悉的，可是感覺卻和平常特別不同。

我們一進門，蘿里絲就奔向我們。她用手指抵住嘴唇。

「夫人今天疼得很厲害，」她壓低聲說：「我剛才好不容易讓她睡著了。」

「那我就不上樓了，」主人答說：「蘿里絲，請幫我們端些酒來，還要一些核桃。」

我們走進飯廳。巴吉妲常帶著她年幼的女兒來訪，但今天屋裡很安靜。我們一起吃核桃、喝酒，我看出主人很擔心，也知道他在擔心什麼：夫人愈來愈虛弱多病了，有時她甚至會躺著哭泣。

不久，我進到廚房，蘿里絲走進來，把頭靠到我肩上。她沒有哭，只是深深嘆了口氣。我向來動不動就掉淚，但我從沒見過她睫毛上閃過任何淚珠。

「我可憐的夫人。」她難過的說：「胡安，我慢慢喜歡上她了。我們很快就得讓她服鴉片，才能減輕她可怕的咳嗽了。國王可以幫主人弄到鴉片，在夫人蒙主恩召前的這段時間，會非常難熬。」

事實上，幾天之後，夫人似乎稍有好轉——她有時會這樣。她起身著衣，開始吃蘿里絲為她準備的豐盛食物。第二天晚上，夫人面帶微笑的來到餐桌，好像非常開心。她坐到主人身邊，吃了不少飯，而且一聲都沒有咳。

主人突然抬頭看我，從他眼中，我看出他的意圖。主人轉向夫人說：「心愛的，我已讓我們的好友胡安獲得自由了，他現在是我倚重的助手，幫我分擔許多工作，我能夠休息，也會更有空陪伴你。我知道我們的女兒結婚離家後，你一直很寂寞。」

「唉呀，沒錯！」夫人喊道，她瘦削的臉泛起喜悅的光采，「就是因為寂寞，我才會一直生病。」

「胡安想結婚。蘿里絲，胡安把他的心給你了，你覺得怎麼樣？」

「蘿里絲！」夫人拍起手，叫了起來：「你怎麼回答？」

我記得當天蘿里絲穿了件淺杏仁綠的洋裝，頭髮則是用玫瑰色頭巾往後綁起。

「我能按自己的希望回答嗎？」蘿里絲問。

「當然。」

「我的回答是『不要。』」

聽到她的回覆，我的心像被利刃刺穿。蘿里絲看到我受傷的神情，繼續用溫柔而低沉的嗓音說：「我不是不喜歡他，他是個善良的好人。但是，我不希望我的孩子一出生就是奴隸。」

我們聽到主人用沉靜的聲音說：「蘿里絲，你說的對。胡安現在是自由之身了，我相信內人也會樂於賜你自由，做為你們的結婚禮物。好嗎？親愛的？」

夫人一向極盡所能的取悅主人，如今她病了，似乎更想討好他。她立即接話：「當然好。你把紙筆和墨水拿給我，我現在就寫奴隸解放書。」

夫人將信寫好，交到蘿里絲手中。

「我親愛的蘿里絲，」她說，「你現在自由了，就和你自由的靈魂一樣。不過，我想請你幫個忙，請留下來當我的護士，別離開我……至少現在還不要。」

蘿里絲把信收入懷裡，溫柔的望著夫人。

「我很高興獲得自由，而且高興得遠遠超出您的想像。」她說：「我從不敢夢想自由會來得那麼快。雖然我預見過有一天會成真，就如同我知道自己會嫁給胡安一樣。夫人，只要您還需要我，我一定繼續陪在您的身邊。我真的非常感謝您。」

她靜靜的收拾好碗盤，然後輕手輕腳離開房間。

主人用眼神示意我可以離開了，於是我跟著蘿里絲走進廚房，她正在跪在角落裡禱告。

「我正在感謝天主。」她告訴我，「我這輩子每天都在祈求自由。」

「蘿里絲，你願意嫁給我嗎？」

「我很願意，但是你原本可以找到更好的女人。胡安，我自尊心強又傲慢，有時還很毒舌。」

「我喜歡的，就是這樣的你。」

她投入我懷裡，任我撫摸她的秀髮、臉頰和額頭。

「我一直痛恨自己是個奴隸，」她說：「我無法由衷的去感恩，因為我從骨子裡討厭束縛。我知道天主造人的時候，每個人都是自由的，沒有人能像擁有物品一樣擁有另一個人。我痛恨只因為我是奴隸，就得照他們的意思去做，去侍候他們。只有在這個家，我才能得到一些平靜。你們都好仁慈，夫人又那麼貼心、善良。我會盡一切力量，讓她在最後的日子過得舒服，但我永遠不會像你那樣滿懷感激與愛。胡安，我痛恨自己是別人的財產！我只希望我嘴裡的惡言和心中的抗拒，總有一天能夠消失！」

「沒關係，接下來一切都不一樣了。如果我們有了孩子，他們一出生就是自由的。」

「是啊，可是還有很多黑人不是。胡安，我為他們感到心痛。」

「總有一天，」我安慰她說：「總有一天，我知道所有的人都將自由。」

「可是得花很長時間，流很多血，那天才會到來。」蘿里絲憂鬱的說。

14 難過的道別

我和蘿里絲在家附近的教堂結婚了。那座教堂是我受到穆里羅鼓勵之後，固定會來做告解、領聖餐的地方。懷了第二胎的巴吉妲和她丈夫過來觀禮，親愛的主人則陪在我身側。夫人病了好幾天，身子非常虛弱，但是在我們去教堂前，她還是給了我們祝福。

我拉著心愛的蘿里絲的手，聽到牧師宣布我們永遠結為夫妻時，我心中滿溢著幸福。我一點也沒想到不久之後，我會由衷感謝上主，在悲傷襲捲我們之前，便賜給我這位溫柔的伴侶

——因為要是沒有她，我一定承受不住。對我們而言，那是極為難熬的一年。

夫人送給蘿里絲一大塊藍色絲綢，蘿里絲用它製成婚紗；主人送我們椅子、地毯和他屋中的兩個房間，做為我們的住處。連國王都送禮物給我們：一個裝了三十個金幣的天鵝絨袋子。

接著，老天給了我們一連串嚴酷的考驗：巴吉妲難產而死，曼德茲醫師雖然醫術高超，嬰兒依舊回天乏術。天真無辜的孩子，以及我們開朗熱情的巴吉妲被埋葬在一起。一開始，我們根本不敢告訴夫人。事實證明我們的顧慮是有道理的，因為等夫人知道之後，她就真的一病不起了。

最後，曼德茲醫師開了鴉片給夫人，讓她日夜昏睡。雖然夫人還是會咳嗽，但是在用藥的昏睡中，她已經不再難受了。

巴吉妲和寶寶入土後不到兩個月，我們將夫人葬在她們的身邊。

主人一滴淚都沒掉，但變得愈加安靜冷漠。他不肯說話，不回答任何問題，一連好幾天，除了吃一點水果，什麼都不肯碰。他變得非常瘦弱蒼白，對周邊事物毫不在意，也不肯梳洗或更衣。他變得一點都不像自己，他的心神已經飄到我無法跟隨的遠方。

那段時間，國王證明了他與主人深厚的友情。他每天都過來靜靜坐在主人身邊，堅強的守護著他。

冬天過去，春季再度降臨，主人又開始作畫了。我想是他長久以來，太習慣手裡有炭筆或畫筆了，即使他的心已碎成千萬片，他還是又自然而然的拿起它們。主人日夜不停的工作，但是他畫的大部分作品都被撕毀了。我有時會搶救下一些畫，那些畫都成了我現在的珍寶。

有一天，國王穿著藍色服裝，在侍衛們的引領下光臨畫室。每個人都恭立聽旨。

宮裡的傳令官宣布國王的妹妹——泰瑞莎公主——將嫁給法國國王路易十四。新郎到時不會出席，由代理人代為舉行儀式，但是婚禮必須盡可能華麗熱鬧，並由宮廷畫師狄亞哥・委拉斯奎茲負責設計、裝飾舉辦婚禮的觀禮臺。

國王與傳報員離開後，主人馬上坐下來畫草圖。我倆都知道，這項工作得使出他渾身解數，還得諮詢建築師、建築工、備餐人員、裁縫及女裁縫師。皇家婚禮向來都是盛事，但這場婚禮又格外重要，因為路易十四是歐洲權勢最高的君王。他雖然不出席，但將派代理人代表，到時會有許多出席的法國朝臣向他報告。我看得出來，由於主人總是把責任看得很重，也很希望讓國王以他為榮，這項挑戰也許會對主人的健康造成巨大的影響。不過，這整件事情佔據了他的心，讓他暫別悲傷與思念之苦。在不到一個月的時間內，主人幾乎恢復了原樣。

我們一起去勘察場地。國王挑選的婚禮場地在比達索阿河中的美麗島嶼上，但是島嶼有沼地，且地勢低窪。晚上的時候，瘴氣會覆蓋那些翠綠的牧草；到了清晨，會有成群的蚊蚋在草地上出沒，等陽光出來之後，又消失得無影無蹤。

在那座島上建造觀禮臺，必定會非常美麗而迷人，而且對人們也不會造成影響，因為婚禮只有一天。然而，我們必須在島上日復一日的工作、計算、研究、決策、畫草圖，島上卻是個不利健康的地方。

雖然我很擔心主人的身體狀況，但是他的健康情形卻維持得不錯，我也一樣。然而，許多工人都發燒病倒了，有些人還因此喪命。不過，這件事並未引起太大重視，因為夏天總是會有人死於高燒。

只要有空，我便盡力幫主人分擔費力的監工工作，讓他能在畫室裡作畫，把設計修到完美。工程末期，主人常待在觀禮臺那裡，確定所有指示都執行妥當。當一切工程都如期完成後，富麗高雅的觀禮臺建造完成了。這座觀禮臺不但呈現出最美的西班牙風格，也展現西班牙皇室的輝煌與權勢。

主人設計了一座長方形的大院子，院子裡鋪著石頭，嵌上精美的黑色木板，上面再覆上黑色調與淡葉綠色的閃亮地毯；各個拱門上支起纖細的拱臂，撐住整座觀禮臺，但並未用屋頂收尾。我們很確定到時不會下雨，主人在拱門之間架了輕巧的格子，讓藤蔓繞著格子攀生，開出芳香的小白花。站在底下透過花葉抬頭往上望，會讓人感到無比清涼純淨。

聖壇上除了大型的耶穌受難像之外，其餘物件都被漆成白色與金色。主人畫了許多裝飾用的圖。有兩名穿白袍的高大天使——聖若瑟與聖地牙哥，祭壇上方是一幅絕美的聖母畫像。所有畫作都與主人平日的風格不同，因為背景並非他最愛的深色陰影，而是散放細膩銀光的背景。

主人在婚禮行進的路線上，擺放著他繪製的白花盆景畫，中間交替著一甕甕的真花，並在後方擺上鏡子，呈現出滿亭花海的效果。那些畫作能減去過多鮮花造成的香氣。畢竟，主人不希望公主或其他女士，在如此重大的場合中被花香薰倒。

除了公主與國王，其他人員皆穿上不同深淺的綠衣。公主一襲白衣，金色的頭髮上戴了白色花冠，後面拖著長長的白紗；陛下則是銀色的衣服，上邊有淡綠色的刺繡和圖紋。

那場婚禮確實是我見過最美的婚禮。我相信所有在場的貴族，作夢都沒想過場面會如此美妙、高雅，而且優雅的呈現年輕新娘的希望、純潔與青春。

主人和我回到馬德里後，果然獲邀參加所有接續慶祝婚禮的大型派對、舞會和盛宴。可是當國王宣布，在新娘去法國之前，要舉辦大型狩獵與餞別宴會時，主人婉拒了，他表示自己非常疲累，而且頭也非常疼。

一開始我不太擔心，因為主人不喜歡狩獵，而且要是可以的話，他從不騎馬。他偶爾會頭疼得厲害，我很清楚怎麼照顧他。主人回到我們城裡的家，就躺了下來。我把他的房間弄暗，在他的額頭敷上涼布。這一天非常悶熱，但是不久之後，我發現主人真的發燒了。他撕開細麻衫的前襟，躺著喘氣，我稍稍拉起捲簾，發現這並非平時害他面色發白、身體發冷的偏頭痛，而是高燒。主人臉頰發紅，眼睛如瓷器般明亮。我一摸就發現他的額頭十分燙手。

蘿里絲幫忙我照顧主人，我們試盡一切方法——除了我對各種疾病的認識之外，還加上蘿里絲所知道的。除此之外，我們當然也請來了曼德茲醫師，他要我們用毯子蓋住主人，盡量讓他出汗。我和蘿里絲懇求主人喝下她準備的熱肉湯，以及加了大量蜂蜜的茶。主人乖乖喝了，燒卻退不下來。雖然大家如此努力，燒還是每天傍晚復發，不斷折磨著主人。高燒在早晨主人出過大汗後通常會退掉，我再幫他把汗擦乾，讓他舒服的躺在乾淨清涼的床單上小睡一會兒。可是到了傍晚，主人便會醒來，焦慮而虛弱的躺在床上，然後再次發燒。我記得從前他也是這樣麻木無助的躺著，忍受航海時悲慘的暈船。

無論我們如何照顧、禱告，曼德茲醫師怎麼開藥，主人硬是持續燒了二十一天。最後，他已經變得骨瘦如柴。主人原本就不胖，食量也不大，因此他的身體也沒有多餘的力氣。國王每天都來，但是他卻激動得無法言語，只是坐在那裡，用他那對悲傷的淺色眼睛望著主人。

後來有一天，主人等著發燒發作，結果一直都沒有發作。

夜晚來了又去，主人睡得很熟、很安靜，身上也十分涼爽。蘿里絲和我又哭又笑的彼此相擁，燒終於退了，主人會康復的。

不過，主人復原的速度非常緩慢。我們必須一點點的勸他進食，每天多吃一點，慢慢重拾體力。然後，我們用墊子靠著，讓他坐起身。最後，醫師終於說他可以起來，在房裡四處走動了。

那天是星期二，晨光晴朗明亮，斑駁的陽光也映照在畫室光亮的木地板上。我舉著鏡子，讓主人起身刮鬍子，他套上一件長及腳跟的阿拉伯長袍，穿上柔軟的皮拖鞋，他將腿往旁邊移，踏在地板上。這是多個星期以來，主人第一次下床。

「胡安，如果不麻煩的話，我想我還是得靠著你走路，我身體還很虛弱。」

主人站起來，我用肩膀撐住他。雖然主人本來就不重，他又變得更瘦了。我們慢慢穿過大廳，進入畫室。到了畫室，主人看到他的畫架和畫作後，發出歡喜的嘆息，一切好像又恢復了生氣。主人坐下來休息一會兒，然後再度起身，我們走向他最愛的畫架，上面有張繃好的畫布等著他。

主人走到半途時，輕輕的離開我，開始獨自前進。但就在他快要抵達畫架邊時，主人一個踉蹌，伸手想抓住什麼，然後便往前栽倒了。我一邊衝過去，一邊咒罵自己不該放他自己行走。我一扶起主人，便發現已經無力回天了，主人已經去世了。悲傷與病痛令他心臟衰弱，心臟才剛需要用力，便顫抖的停止了跳動。

我坐在地板上，將主人抱在懷裡，然後開始回想我們在一起的所有歲月。我這個動不動就哭的人，在這種時候卻一滴眼淚都掉不出來。死神用祂的黑色羽翼裹住我的主人、我的師父，我感到那對絕望的翅膀似乎同時也攫住了我。

當我手足無措的站在那裡，什麼也做不了的時候，是蘿里絲出面打點了一切。她請來曼德茲醫師，由醫師正式宣布死訊；她將此事稟報國王，國王來到主人靈柩邊，陪伴了一整個晚上。我依舊哭不出來，只是面無表情的站著，但是國王陛下卻徹夜哭泣著。

主人的葬禮很低調。他被安葬在不久前才去世的夫人和巴吉妲旁邊，也沒有留下任何遺囑。不過，國王了解他的願望，一一幫他執行：我獲得大批禮物——主人所有的衣服、他的畫架和一大筆錢；他所有家具都留給巴吉妲的丈夫，而我們大家共同度過許多幸福歲月的房子，則留給巴吉妲的長女——她是主人非常疼愛，也常為她作畫的小孫女。

等我恢復常態，接受得繼續活下去的事實後，蘿里絲和我討論了未來的事情。往後漫長的日子，我還是必須工作，照顧我的妻子，繼續履行天主留給我的工作。

「我想回塞維亞，」我告訴蘿里絲，「現在的馬德里對我來說，實在太傷心了。」

「我也想到南方去，住在離非洲近一點的地方。」她說。於是，我們開始打包行李，跟友人一一辭行。

我請求晉見陛下，向他道別。國王穿著黑衣接見我，像是在為家人守喪。他從主人的物品中取走了調色盤與畫筆，說是希望將這些東西留在身邊。我們談話時，我驚見這些東西就擺在國王身旁。

「胡安・德・帕瑞哈，」他對我說：「有一次，我聽你故去的主人狄亞哥先生表示，他太晚讓你自由了，他感到十分慚愧，很後悔自己未能察覺你已渴望自由良久。他說你早該獲得自由了。」

「我確實渴望自由，但並不是因為想離開他，只是因為我很想畫畫罷了。我從來不怪他。」

「我知道，但我也了解他的感受，因為我自己也很怠忽拖延。我好幾次想到應該封狄亞哥先生為聖地牙哥騎士，但我從未落實。我浪費太多時間了，而且為此深感自責。但是，我現在想賜予他那份最高的榮譽，在你的協助下，我們可以在他的胸前，畫上紅色的聖地牙哥十字勳章。」

「可是，陛下，要怎麼……？」

「就我所知，狄亞哥先生只留下一幅自畫像，」國王說，「就畫在他的名作《宮女》中，他利用鏡子，畫出皇后、我的孩子和我的畫像。我們去找那幅圖。請你帶著調色盤和畫筆吧。」

我們站在那裡望著《宮女》。主人站在他的畫架邊，手拿調色盤與畫筆，眼睛若有所思而和善的看著我們。

「你若能幫我……」國王說。

我拿筆蘸上朱紅色顏料，放到國王手中，然後用自己棕色的手，扶住國王的白手，引領他一起將聖地牙哥十字勳章畫到主人的胸口。

畫完成了。

我很高興能為主人做最後這次微不足道的服務。

我記不清接下來幾天的事了，只記得蘿里絲和我跟友人、主人的小孫女（她令我想起巴吉妲和她同年時的樣子），以及包提塔道別。我們最後一次走過賀洛尼馬斯街，越過主廣場。我回頭看著那個曾經是我家的地方。

「以前對我來說，他在哪裡，哪裡就是我的家。」我喃喃說。

蘿里絲拉起我的手。

「現在我在的地方就是家了，老公。」她說。

15 我找到另一個家

回到塞維亞真好。金色的吉拉達鐘樓聳立在天藍的空中，窄小的街道充滿生機，所有廣場上傳揚著流暢的西班牙文和阿拉伯語，湍流而過的瓜達幾維河，映著兩岸的橙樹、橄欖樹、塞維亞的白房子，以及黝黑驕傲、身材瘦長優雅的南方人。大教堂裡，我年少時深愛的諸位聖人，依然溫柔俯視著我。我跪下來祈禱，再次聞著童年時的薰香。

蘿里絲和我來到水岸附近的一家客棧。當年巴西里歐先生在岸邊的倉房中工作，我幫艾美莉雅夫人跑腿時，就知道這家客棧了。我四處漫步，為某些改變而感傷，也因發現許多不變而開心。人的一生，能在終尾時圓滿回歸到起點，真是太好了。

我身上有錢，有手藝，我知道自己能工作，並以自由人的身分賺取舒適的生活。不過，我在著手尋找安家的房子前，先去拜訪了貝托洛梅・埃斯提班・穆里羅。

我敲門時，是他親自開的門。穆里羅還是老樣子——豐腴、黝黑、滿面笑容、開朗而仁慈。

「是我的朋友胡安！」他一把抱住我，將我拉進屋內。屋子裡很吵……有個小孩在哭，其他孩子高聲嬉鬧，一隻狗開心的吠叫，樓上還有個婦人在唱歌。

我們在他的畫室裡長談。這間大畫室不是非常整潔，有五、六名學徒正忙著臨摹穆里羅師父繪製的宗教畫。

我跟他說了巴吉姐和夫人去世的事，談到主人臨終前的時日，以及國王如何在主人的自畫像胸前，畫上聖地牙哥十字勳章。

「我的朋友，你現在打算怎麼辦？」

「我打算去找個畫室……」

「這裡不就有畫室了嗎？」

「我很樂意跟以前一樣，和你一起工作。可是我妻子……」

「帶她一起來呀！我們有很多房間，你在這裡的前幾個禮拜，我可不准你太寂寞。來我們這裡吧，胡安！我這群孩子會幫你洗畫筆！還有，你在我這裡，想畫多少都隨便你，而且很安全！」

這時我才發現，我還沒告訴穆里羅我已經自由的事。然而，他卻已經接納我，決定把他的家和畫室提供我使用。我鞠躬感謝他的幫助。

「我去帶蘿里絲來。」我告訴他。

當我回客棧的時候，一路思考著穆里羅的慷慨與坦誠的情誼。我心想，有一天，當我們完成工作，坐下來一起喝杯酒時；有一天，當我們的妻子在樓上悄聲說話，哄孩子們入睡時，我會說：「穆里羅，委拉斯奎茲大師早已放我自由了，我再也不是奴隸了。」

到時他會說：「哦？那很好啊，親愛的朋友！」

他會為我高興，我也會為他感到開心，因為我是不是奴隸對他來說無所謂，他的友情是發自內心的真誠。

✻後記✻

透過歷史與想像，召喚普世價值

描寫真實的歷史人物故事時，我們必須在能找到的薄弱線索上，添加許多虛構的事件、人物和遭遇。委拉斯奎茲和胡安・德・帕瑞哈的一生，線索相當微弱而殘破。資料也確實非常有限。

畫家通常不擅長大量書寫，或留下文件、書信與日記來稱讚自己，而委拉斯奎茲又是個異常沉默寡言的人。到目前為止，我們只找到一句確實出自畫家口中的話，他說：「我寧可成為最會畫醜陋之物的第一人，也不要是能描繪美麗事物的第二人。」由於委拉斯奎茲如今被譽為寫實主義與印象畫派的先導人物，這句話非常重要。事實上，他的「缺乏美化」，正是使其作品在今日看來，依然如此生動而耐人尋味的原因。委拉斯奎茲熱愛真實，熱愛描繪真實，而且從來不因為自己能美化真實而沾沾自喜。

據說，委拉斯奎茲從塞維亞的親戚那裡，接收了胡安・德・帕瑞哈，他也確實讓胡安自由了，我的故事便是由此展開。胡安的畫像是委拉斯奎茲在義大利時所作，與他繪製教宗英諾森十世約為同期，這也是有根據的事實。

藝評家們表示，是委拉斯奎茲派胡安・德・帕瑞哈拿著自己的畫像，四處去探訪，以獲取義大利的訂單。然而，根據主僕倆一生的感情判斷，我寧可相信這件事是胡安瞞著委拉斯奎茲，偷偷幫主人做的。胡安的畫像畫出了一位聰明、忠心、有傲氣而溫柔的男子。而我們唯一知道的委拉斯奎茲自畫像，藏於《宮女》中，展現出畫家超然、敏銳、清醒的特質。許多畫家的傳記，都是由學者研究其作品和已知的事實，加以編纂而成。然而，在這部小說中，我認為以委拉斯奎茲傳世數百年的畫作，做為他留下的唯一「對話紀錄」，提出自己的詮釋，應該是可以被接受的。

因此，我認定那幅名為《持扇的夫人》的美麗作品，其實就是委拉斯奎茲的女兒，嫁給畫家胡安・包提塔・戴馬佐的巴吉妲。我對出現在女子裙子上、胸衣底下，沒有人知道為何存在的小紅花，做出了自己的詮釋。

當時的西班牙不許奴隸從事藝術工作。於是我假設小胡安偷偷自學繪畫，因為他後來確實成了一位卓越的畫家，作品也在許多歐洲的博物館裡展出。

穆里羅確實跟隨委拉斯奎茲，在馬德里的畫室裡工作了三年。從他的作品來看，我猜他是位溫柔仁慈而虔誠的人。

書中拜訪宗教塑像師的章節，我是依據廣為人知的西班牙傳奇而寫。《聖潔的耶穌》是一尊絕美的受難像，刻畫耶穌垂死於十字架上的模樣。據說這尊受難像的原型是一名罪犯，他同意被釘上十字架，讓塑像師可以參考他受苦時的模樣。

一六五八年，國王菲利浦四世封委拉斯奎茲為騎士，然而，我們知道在《宮女》這幅畫作中，畫家自畫像胸口上的聖地牙哥十字勳章，是畫家辭世後，由他人添加上去的，歷史上卻沒有記錄是誰畫上去的。於是我就想像那是國王在胡安・德・帕瑞哈的幫忙之下畫的。

我能確定的是，委拉斯奎茲對他的君王充滿尊敬與感情，對他的奴隸亦然，所以後來委拉斯奎茲放胡安自由，並任命他為助手。

希望讀者原諒我任意截取史實，添加自己杜撰的事件，寫出胡安・德・帕瑞哈的故事。我希望不管是哪種膚色的年輕人，都能喜歡這個故事，因為胡安・德・帕瑞哈與委拉斯奎茲兩人一生的經歷，預示了我們今日的普世願望。這兩位年少時以主僕相稱的人，在長大成人後繼續相伴彼此，並在垂暮之年，成了平起平坐的朋友。

＊得獎感言＊

紐伯瑞兒童文學獎受獎演說

伊莉莎白・波頓・崔維尼奧

當西格麗德・溫塞特[1]的《克里斯汀的一生》英文版問市時，我搶先拿到了這本書。我拿著小說坐在角落裡，其他什麼事都做不了，只能如行屍走肉般梳洗穿衣，吃下塞到我手中的食物，且不情不願的上床睡覺，整整讀了兩個星期。接下來，換我妹妹拿到這本書，她也跟我一樣被伺候著，半點家事都不做，直到嘆息著翻完最後一頁。然後我母親大人說話了：「好了，女兒們，該你們做事，換我看書了。」母親動也不動，不跟半個人說話，直到把書看完。我父親則無所謂，他正在重讀第十遍偉大的英格蘭獵人，弗雷德里克・科特尼・塞盧斯的著作《非洲日記》。當我們置身中世紀的挪威時，老爸則遠在最黑暗的非洲森林裡。我們就是那樣的一家人。

小時候，我非常痛恨被迫放下書本，去擺餐桌或幫媽媽打掃客廳。我做家事的最佳報酬，就是能去圖書館，流連於汗牛充棟的書架間。父母在對談中，常引述莎士比亞、《聖經》、拜倫和伯恩斯的名句；我的外祖母愛詩成痴，她可以成篇成篇的背誦詩文；祖母在病逝前，正讀著我出版的第一本書，死時手裡還握著一本；我丹麥籍的祖父用他自己翻譯的北歐神話，哼唱哄我入睡。

家父年輕時，曾發表過許多短篇故事與詩，後來才改行從事法律。我們家吃飯時，父親會把字典放在右手邊，左手擺一部便攜型百科全書。他們鼓勵小孩參與大人的談話，但要求孩子立即查閱他們不確定的用字或事實。俚語、發音不正確和未完成的語句，不僅討人厭還不許上餐桌。

冬天夜裡，我們最愛在飯後坐到壁爐前，聽父親為我們朗讀。我們跟著《湯姆歷險記》的湯姆、《金銀島》的吉姆・霍金斯和《綁架》[2]的主角大衛・巴爾弗一起歷險；跟著《塊肉

1 Sigrid Undset，挪威語小說家，1928年諾貝爾文學獎得主。

2 Kidnapped，《金銀島》作者的另一部作品。

餘生記》的大衛・考柏菲爾德和《孤雛淚》的奧利佛・崔斯特一起流淚；跟《悲慘世界》的主角尚萬強一起隱忍。

我六歲時開始寫詩，父親認真的給我許多押韻上的建議。八歲時，我在《蒙特瑞半島先鋒報》上，看到自己第一篇登出的散文，覺得找到了往後奮鬥的志向。雖然，我還得辛辛苦苦跑了許多趟郵局後，才又看到自己另一篇詩文登出來。

我說了這麼多，是為了闡明無論是天生或後天薰陶，今天能夠獲得紐伯瑞兒童文學獎，都是我此生能遇到最美好的事。這項成就將使往後的路變得更容易，也更艱難：容易，是因為這個獎，賦予我和我的作品信賴與榮譽感；艱難，是因為此後的自我批評將更加嚴厲，因為有了更高的理想要遵循。在獲得這樣的大獎後，你非得拿出自己最嘔心瀝血的作品不可。

若說榮獲如此殊榮，完全不曾得到協助，那就太狂妄，也太不老實了。紐伯瑞獎認可的，不僅是一本當年度所寫的書，更包括成就此書的所有人事與各種經驗。我很高興，也很榮幸，能記住並感謝許多曾經對我有益的影響，它們讓我至今依舊筆耕不休，鼓勵我繼續寫作。

首先，我要感謝我的父母，他們教我愛上書本與閱讀。在我開始寫作後，家父為我做了許多美妙的安排。在我出書前，他幫我弄了個辦公室，擺好桌子、打字機和椅子，而且還付我少許的薪水。「好了，」他說，「你得每天從九點寫到十二點，然後從一點寫到五點。寫作是種工作，你可以週六放假。」有一天，我跟他報告說，我開始寫小說了，他表示：「今天大概有五千六百四十九個人也開始寫小說了，其中五千六百四十人很可能比你有天分，不過，甜心，你可以辦到其中五千人做不到的事——你可以把你的小說寫完。」至今我從沒忘記父親絕佳的建議。

時間帶走了我卓越的父親，但我很幸運，還有一位同樣傑出的母親。她是位敏銳嚴厲的批評家，我所有作品，都遵守我多年前對她許下的允諾。「答應我，」她要求說：「絕不許寫出明知會令我討厭的東西。」我相信母親的品味與判斷，馬上答應絕不亂寫。

我讀高中和大學時，有幾位老師在繁忙之餘，撥空給我許多指導。首先是高中英語老師威爾克斯先生（Mark F. Wilcox），他是天生的老師，他不但讓我懂得形式的重要，還告訴我應當尊重技巧。他讓我明白，單純描述印象和堆疊細節不能算是藝術，只是娛樂罷了。作者必須掌握現有的素材，再擷取轉化為文字形式，畢竟藝術的本質就是去蕪存菁。

大學的時候，我從教導戲劇寫作的格雷教授（David Grey）身上，學會了另一件重要的事。他在課堂上用惡意嘲諷的語氣，大聲朗讀我的作品；又因為我寫的是悲劇，教授要全班大聲嘲笑劇本，所以每次上完課，我都哭著回宿舍。據教授自己的說法，他一直盡力告訴我們大家：寫作是一段充滿挫折與失望的過程，而且永遠會有人不喜歡我們寫的東西。他用英式的淡漠語氣說：「我無法逼迫你們停止寫作，所以也許你們有當作家的潛力，而那正是寫作最基本的要素——那些容許自己氣餒喪志的人，不適合幹這一行。」

接下來，我一定要介紹兩位協助我成為作家的新聞記者，我對他們永懷感激。首先是已故去的《波士頓先鋒報》知名音樂及劇評人，菲利浦・海爾（Philip Hale），他剛聘我為音樂評論助理時，溫柔的揶揄我寫的東西是詩，並戲稱我為伊莉莎白・巴雷特・波頓[3]。但是，有一天，他按照慣例發電報給我，叫我過去。然後，他用疲憊蒼老的聲音對我說：「請繼續寫詩吧。詩在本質上能夠發掘並反映出生活的奧妙，而我不久即將離去的這個世界，正是個充滿奧妙的地方。」接著，他將裝滿書的綠色粗呢袋甩到肩上，調整好他的德比鞋，便走出去了。至今我仍能看到他邊走邊看書，人們恭敬的為他讓出路來的模樣。

我要謝謝在《波士頓先鋒報》當記者時的財經編輯喬治・邁諾（George Minor）。後來，他成為總編輯，然後現在退休了。即使他退休了，他仍持續為該報撰寫專欄。他教我認識藍色鉛筆的珍貴。以前我好怕他劃掉我那些優美的文句；現在，每當我想起他的建議，我總為我能刪除的每一個多餘的字而開心。「用字要精準。」他告訴我，「任何沒有權利留下來的字，都應該被刪除。」

我的朋友艾薩克・古柏博士（Dr. Isaac Goldberg），是另一位對我提出建議，讓我踏上職業作家之途的人。當年由於《波麗安娜》（Pollyanna）系列的原作者去世了，出版社請我續寫。雖然我渴望自己的名字印在出版的書上，但年輕傲慢的我，當時只會一天到晚唱高調。我被撰寫《波麗安娜》一事嚇到了，便問艾薩克怎麼辦。

3 Elizabeth Barrett Borton，英國維多利亞時代最受尊敬的詩人之一。

「如果你想成為職業作家，」他建議我說：「有什麼案子就接，然後盡己所能的把案子寫好。另外，隨時隨地都要寫作。這世界充滿各種寫作素材，對於作家來說，沒有什麼素材是太過高尚或過於鄙俗的。轉化所有素材——寫作的意義即在於此。」

我想分享一個我自己學得的教訓。在準備撰寫第一本《波麗安娜》的時候，我必須重讀《波麗安娜》系列。我以為撰寫《波麗安娜》系列對我來說是大材小用，可是等我仔細一讀，開始回憶小時候看《波麗安娜》的感覺時，我想起自己當時對《波麗安娜》並沒有任何蔑視與挑剔。相反的，我很喜歡波麗安娜說她不需要用傳教桶裡的拐杖[4]的時候；我也喜歡她調解紛爭，讓大家再次彼此相愛的劇情。波麗安娜代表勇氣——代表英國人帶著笑容的堅毅，也是最難能可貴的那種。在書中，我再次成為那個相信世界很美好，相信每個人都能幸福生活的的孩子，同時找回了孩童身上的樂觀、信賴與希望。我連寫了四部《波麗安娜》，也從沒忘記我重新在自己身上找到什麼——兒童喜歡公平公正，也喜歡正義方的勝利。畢竟，憤世嫉俗是大人世界才有的概念。

我又想起幾位對我鼓勵有加的人士。首先是對我不離不棄的經紀人維吉尼亞・萊思（Virginia Rice），我將這本榮獲紐伯瑞獎的作品獻給她。多年來，她不僅是難得的好友、指引的明燈，

4 譯注：傳教桶裡裝的是各種物資，或供傳教士使用，或供窮人使用，波麗安娜的遊戲便是從各種負面事項中，找出可以發揮正能量的觀點。

也是當我覺得非做不可，需要她支持時，支撐我的堅毅力量。

編輯們也是我的良師，他們每人都在技巧、觀點或態度上，給予我寶貴的指點，我想感謝他們所有人。謝謝心腸好又富同理心的瑪格莉特・卡森思（Margaret Cousins），她買下我的第一篇短篇故事，現在她負責編輯我寫給大人看的書。謝謝艾略特・史瑞佛（Elliott Schryver），他大膽的與一位沒沒無聞、個性強悍、姓崔維尼奧的墨西哥太太合作。嬌小的墨西哥太太用一堆小說的點子轟炸他，他卻鼓勵她寫出自己在墨西哥蒙特雷的單純生活，於是她寫了一本叫《我心屬於南方》的書，即使已經出版十四年，這本書仍能在書店架上看見！除此之外，還有威廉・樸爾（William Poole）和伊莉莎白・萊莉（Elizabeth Riley），兩人都是極為敏銳的專業人士。還要謝謝法拉爾出版社兒童部，充滿想像力又樂於助人的編輯哈爾・弗瑟（Hal Vursell）。最後要感謝克萊兒・柯斯特洛（Clare Costello）的溫暖體貼與有求必應，我近期的幾本童書皆由她指導，包括今日獲獎的這一部。

我得感謝我的家人，他們忍受我寫作生涯的起伏不定與掙扎，在我忽略家事時，或寫得太過投入，連自己叫什麼名字都忘記時，幫我找理由開脫。

我還要謝謝對我的作品提出指教，幫助並鼓勵我的朋友，和那些寫信給我的讀者。我永遠忘不了那些陌生人士寫的親切又友善的信件。身為作者，夫復何求？老實說，我有時也會收到奇怪的信。最近我收到一封明目張膽抄襲別人作品的信，信中寫道：「親愛的崔維尼奧太太，玫瑰是紅的，紫羅蘭是藍的，糖是甜的，而你亦然。你喜歡我的詩嗎？愛你的桑妮亞。」有封粉絲的信，我一直放在身邊，因為它對我的心靈有益，提醒我保持謙遜，並對小小的善行心懷感恩。信上說：「親愛的崔維尼奧太太，我不喜歡讀書，因為書裡的故事都很蠢，可是老師強迫我們讀，還逼我們寫信給作者，所以我才會寫信給你。她逼我讀了你的作品《小白鹿納卡》，我覺得其實挺好看的。」

這是一個我非常喜愛，且在我著手撰寫前，花費多年研究的故事，這座紐伯瑞文學獎其實屬於故事描述的兩位主角。若非真實生活中，有委拉斯奎茲如此高貴慷慨，與胡安・德・帕瑞哈這樣忠心耿耿的人，就不會有這部寫出兩人情誼的作品了。

由於「沒有人是孤島」，而且我們都是「大我的一分子」——這句話特別適用於寫書的作家——我列出了這些協助我完成這部作品的人士，無論是還在世或是已故的，鄰近或在遠方的人。謹以他們之名，以所有與我親近的師長、朋友、圖書館員、編輯、家人與親屬之名，我深懷感激與恭敬的接受紐伯瑞獎。

✻延伸閱讀✻

《畫家的祕密學徒》創作祕辛

字畝編輯部

故事的最後，西班牙國寶畫家委拉斯奎茲猝然過世。胡安扶著國王的手，在委拉斯奎茲的畫像上畫上紅色十字，加冕他成為聖地牙哥騎士。書中說的畫像，就是委拉斯奎茲最具代表性，與《蒙娜麗莎》同為世界三大名畫之一的《宮女》！本書封面也是根據這幅畫作所作的再創作。

這幅畫裡的人是誰？

《宮女》這幅畫中共有十一個人，站在左側畫板旁的就是畫家委拉斯奎茲；正中間的是年僅五歲的瑪格麗特公主，周遭則是侍奉皇室的各種成員；除此之外，還有兩個人隱藏在畫面中央的鏡子倒影裡——他們是瑪格麗特公主的父母，國王菲利浦四世和皇后。

委拉斯奎茲利用鏡子的反射、不同方向的光線，捕捉了畫室被小公主闖入的瞬間。畫作右下角，你甚至還能看到侏儒正在戲弄畫面前方的小狗！

委拉斯奎茲《宮女》(Las Meninas)

（現存西班牙馬德里普拉多美術館，圖片來源：Wikimedia Commons）

這幅畫哪裡特別？

《宮女》中有許多巧思。我們可以透過畫作中的人物，他們各自不同的視線方向，推測他們都在做什麼。委拉斯奎茲看起來在畫圖，但是他在畫誰呢？原來，他畫的人就是後面鏡子映照出來的國王和皇后。

欣賞這幅畫的時候，我們就像是在用國王和皇后的眼睛看著這個畫面，但又不會出現在鏡子之中，讓人有被吸入畫

委拉斯奎茲《宮女》角色編號示意圖

①瑪格麗特公主 ⑥侯爵夫人（女主管） ⑨畫家

②、③：伯爵之女 ⑦保鑣 ⑩國王

④、⑤：弄臣侏儒 ⑧宮廷總管 ⑪皇后

中的錯覺！

委拉斯奎茲的《宮女》，是世界上最多人模仿的畫作之一，甚至連畢卡索都曾經以《宮女》為範本，重新創作五十八次！印象派之父馬奈還稱讚委拉斯奎茲是「畫家中的畫家」，可見委拉斯奎茲在藝術史中多麼重要。

《畫家的祕密學徒》的主角胡安，在歷史上是實際存在的人。胡安在委拉斯奎茲身邊服務，後來重獲自由成為畫家，也是事實。讀完故事之後，再看見委拉斯奎茲繪製的胡安畫像，師徒倆深刻的情誼，彷彿活靈活現的呈現在眼前。

故事中，藉由不同情節，提到多幅委拉斯奎茲的畫作：第八章的巴吉妲畫像，是參考委拉斯奎茲的《持扇的女人》；他也繪製過許多弄臣和侏儒的肖像（第九章），和胡安成為朋友的塞維亞畫家穆里羅是真有其人，從畫像中也可以看到他溫和的圓臉（第十章）；第十一章提及的紅衣教宗畫像，更是委拉斯奎茲的代表作之一。

輸入關鍵字「Diego Velázquez」，就能上網瀏覽典藏於世界各地的委拉斯奎茲畫作、他的雕像，還有他為西班牙公主設計的觀禮臺平面圖。歡迎在讀完這個故事之後，進一步去欣賞他的作品，感受他最重視的光線、寫實的細節，還有十七世紀西班牙繪畫的黃金時期……

胡安・帕瑞哈肖像（Juan de Pareja）
（現存美國紐約大都會藝術博物館）

關於《畫家的祕密學徒》這本書

本書作者伊莉莎白・波頓・崔維尼奧，一九〇四年出生在美國加州，二〇〇一年於墨西哥逝世，享壽九十七歲。她從六歲開始寫詩，八歲就發表了第一首詩。她當過記者，也發表許多文學作品。本書為伊莉莎白贏得一九六六年的紐伯瑞文學金牌獎，也為後世帶來許多影響。榮獲二〇〇二年紐伯瑞獎《碎瓷片》的作者琳達・蘇・帕克，就曾提及，本書是她童年時期最難忘的三本書之一。

此書出版至今近六十年，卻依舊是兒童文學經典。臺灣或許不像美國有複雜的種族問題，卻還是有許多人因為刻板印象，錯失和他人成為朋友的機會。希望故事結束之後，讀者能更了解十七世紀的歐洲藝術，以及人們不被刻板印象限制的真誠友誼。

❈各界好評推薦❈

「生動而令人難忘的絕妙好書。」

——紐約時報書評

「這部精采絕倫的小說，開章第一句『我是胡安・德・帕瑞哈，我一生下來就是奴隸。』，便鏗鏘有力的揪住讀者的注意力，直至故事結束。」

——紐約時報書評

「作者創造出新穎獨特的傳記小說寫法，本書也見證了不同種族間的情誼。」

——《學校圖書館學報》書評

❊ 附錄 ❊

中英文對照表

字畝編輯部

人物

前言

莎士比亞　William Shakespeare

黎塞瑠　Armand-Jean du Plessis, cardinal et duc de Richelieu et duc de Fronsac

特雷利爵士　Sir Walter Raleigh

塞凡提斯　Miguel de Cervantes Saavedra

笛卡爾　René Descartes

斯賓諾莎　Baruch Spinoza

聖文生・德・保祿　Saintt Vincent de Paul

林布蘭　Rembrandt Harmenszoon van Rijn

魯本斯　Sir Peter Paul Rubens

范・戴克　Sir Anthony van Dyck

哈維　William Harvey

高乃依　Pierre Corneille

拉辛　Jean Racine

莫里哀　Molière (Jean Baptiste Poquelin)

狄亞哥・委拉斯奎茲　Diego Rodríguez de Silva y Velázquez

胡安・德・帕瑞哈　Juan de Pareja

第一章

帕切科　Francisco Pacheco del Río

第四章

華娜・米蘭達　Juana de Miranda

第五章

奧雷瓦公爵　Gaspar de Guzmán y Pimente (Duke of Olivares)

吉爾・麥迪納　Gil Medina

第七章

米開朗基羅　Michelangelo di Lodovico Buonarroti Simoni

拉斐爾　Raffaello Sanzio da Urbino

丁托列托　Tintoretto

瑪麗亞・安娜公主　Maria Anna of Spain

第九章

哈布斯堡家族　Hapsburg

瑪莉亞公主　Maria Teresa

瑪格麗特公主　Margarita Teresa

巴爾塔沙王子　Baltasar Próspero

菲利浦王子　Felipe Próspero

胡安・包提塔・戴馬佐　Juan Bautista del Mazo

男孩偉勒卡斯　El Niño de Vallecas (Francisco Lezcano)

狄亞哥・戴亞契多　Diego de Acedo

第十章

貝托洛梅・埃斯提班・穆里羅　Bartolomé Esteban Murillo

第十一章

羅迪戈・帝方西羅達　Rodrigo de Foncerrada

教皇英諾森十世　Pope Innocent X

第十二章

龐帝公爵　Duke of Ponti

紅衣主教潘菲利　Cardinal Pamphili

第十四章

聖若瑟　Saint Joseph

聖地牙哥　Santiago

聖地牙哥騎士　Knight of Santiago

地區

第一章

塞維亞　Seville

瓜達幾維河　Guadalquivir

馬德里　Madrid

波多市　Oporto（Porto）

第三章

拉曼恰平原　La Mancha

第五章

賀洛尼馬斯街　Jeronimas Street

主廣場　Plaza Mayor

第六章

法蘭德斯　Flanders

第七章

太陽門廣場 Puerta del Sol

卡斯蒂爾 Castile

小亞細亞 Asia Minor

那不勒斯 Naples

塞維亞主教座堂的鐘樓 Giralda of Seville

巴塞隆納 Barcelona

斯賓諾拉侯爵 Marques de Spinola

馬拉加　Málaga

熱那亞　Genoa

威尼斯　Venice

第十一章

克萊莫納　Cremona

梵蒂岡　Vatican

臺伯河　Tiber

聖天使城堡　Castel Sant' Angelo

第十三章

法蘭德斯　Flanders

第十四章

比達索阿河　River Bidassoa

XBSY0044

畫家的祕密學徒

作　　者｜伊莉莎白・波頓・崔維尼奧　Elizabeth Borton de Treviño
譯　　者｜柯清心

字畝文化創意有限公司
社長兼總編輯｜馮季眉
責任編輯｜巫佳蓮
封面設計｜達姆
美術設計｜丸同連合

出版｜字畝文化／遠足文化事業股份有限公司
發行｜遠足文化事業股份有限公司（讀書共和國出版集團）
地址｜231新北市新店區民權路108-2號9樓
電話｜(02)2218-1417
傳真｜(02)8667-1065
客服信箱｜service@bookrep.com.tw
網路書店｜www.bookrep.com.tw
團體訂購請洽業務部 (02) 2218-1417 分機1124

法律顧問｜華洋法律事務所 蘇文生律師
印製｜通南彩色印刷股份有限公司

2022年3月　初版一刷
2024年8月　初版五刷
定價：350元　ISBN 978-986-0784-62-6　書號：XBSY0044

畫家的祕密學徒／伊莉莎白・波頓・崔維尼奧（Elizabeth Borton de Treviño）作；柯清心譯. -- 初版. --
新北市：字畝文化出版：遠足文化事業股份有限公司發行，
2022.03，336面；14.8×21公分
譯自：I,Juan de Pareja.
ISBN 978-986-0784-62-6（平裝）
874.59　　110014554